English में पाएँ अधिकतम Marks

अंग्रेजी अंतरराष्ट्रीय व्यवहार की भाषा है, फिर भी उससे डरने की कोई बात नहीं। इस पुस्तक की मदद से अंग्रेजी की परीक्षा में भरपूर मार्क्स प्राप्त करना बहुत आसान है। सभी कक्षा के विद्यार्थियों को परीक्षा की तैयारी करते समय और अंग्रेजी भाषा की मूलभूत जानकारी प्राप्त करने में इस पुस्तक से काफी मदद मिल सकती है।

पुस्तक के स्पष्ट वैशिष्ट्य

1. सभी कक्षा के लिए, हिंदी, अंग्रेजी और सेमी अंग्रेजी माध्यम के लिए उपयुक्त।
2. सभी प्रतियोगी परीक्षाओं के लिए अत्यावश्यक पायाभूत अभ्यास।
3. सभी कक्षाओं के लिए उपयुक्त एवं अत्यावश्यक सभी घटकों का समावेश।
4. आवश्यक जगहों पर दिए हुए उदाहरण और अभ्यास के लिए हर प्रकरण के बाद अभ्यास।
5. हिंदी और अंग्रेजी—ऐसी दोनों भाषाओं के इस्तेमाल की वजह से समझने में आसान।

अंग्रेजी पर प्रभुत्व चाहनेवाले हर एक विद्यार्थी के संग्रह में हो ऐसी संदर्भ पुस्तक।

प्रस्तुत पुस्तक के लेखक **श्री गो.द. पहिनकर** अंग्रेजी के एक ख्याति-प्राप्त शिक्षक हैं और सैंतीस वर्षों से सतत दसवीं से स्नातक तक के विद्यार्थियों को अंग्रेजी विषय सिखा रहे हैं। उन्हें भारत के माननीय राष्ट्रपति द्वारा उत्कृष्ट शैक्षणिक, सामाजिक और साहित्यिक कार्य के लिए 5 सितंबर, 2003 को 'आदर्श शिक्षक' का पुरस्कार प्राप्त हुआ। उनके अकादमिक और साहित्यिक रूपों की अन्य 10-12 पुस्तकें प्रकाशित हो चुकी हैं। अंग्रेजी भाषा के विशेषज्ञ के रूप में उन्होंने लगातार दस वर्षों तक राज्य स्तर पर एक मार्गदर्शक का कार्य किया है।

English में पाएँ अधिकतम Marks

गो.द. पहिनकर

प्रकाशक

प्रभात पेपरबैक्स

4/19 आसफ अली रोड, नई दिल्ली–110002

फोन : 23289777 • हेल्पलाइन नं. : 7827007777

इ–मेल : prabhatbooks@gmail.com ❖ वेब ठिकाना : www.prabhatbooks.com

संस्करण

प्रथम, 2020

अनुवाद

विशालम हरि

मूल्य

एक सौ पचहत्तर रुपए

अ.मा.पु.स. 978-93-5322-852-1

मुद्रक

आर–टेक ऑफसेट प्रिंटर्स, दिल्ली

———— ★ ————

ENGLISH MEIN PAYEN ADHIKTAM MARKS
by Shri G.D. Pahinkar

Published by **PRABHAT PAPERBACKS**
4/19 Asaf Ali Road, New Delhi-110002
by arrangement with Saket Prakashan, Aurangabad

ISBN 978-93-5322-852-1

₹ 175.00

प्रो. वरदाचारुलु

(सेवानिवृत्त प्राचार्य, यशवंत महाविद्यालय, नांदेड़)

को सादर।

सर, आपने ही मुझमें अंग्रेजी के प्रति

लगाव पैदा किया।

अनुक्रम

1

Parts of Speech
शब्दों की नस्ल

आप शब्द (word) को दो या अधिक अक्षरों के सार्थक समुदाय के लिए कहते हैं। शब्द एक वाक्य के तत्त्व हैं, जो उच्चारण किए जाते हैं, इसलिए शब्दों को 'parts of speech' कहा जाता है। A group of words which makes complete sense is called a sentence. शब्दों के अर्थपूर्ण समुदाय को 'वाक्य' कहा जाता है। वाक्य में एक या एक से अधिक वाक्यांश Clauses हो सकते हैं। A clause is a part of sentence having subject and predicate. वाक्यांश—यह भी शब्दों का एक अर्थपूर्ण समुदाय है। यह वाक्य का एक हिस्सा है। Phrase : A group of words with no finite verb is a phrase. It makes some sense. विशिष्ट अर्थ ध्वनित करनेवाले शब्द समुदाय को हम वाक्प्रचार Phrase कहते हैं। अब हम वाक्प्रचार Phrase, वाक्यांश Clauses और वाक्य Sentence के बीच अंतर सीखते हैं।

Every sentence has two parts—(1) Subject (यानी उद्देश्य) and (2) Predicate (यानी विधेय)। हर एक वाक्य के Subject और Predicate, ये दो भाग हैं। जिसके बारे में बात की जाती है, उसे उद्देश्य (Subject) कहा जाता है और उस उद्देश्य के बारे में जो कहा गया है, उसे Predicate यानी विधेय कहते हैं; जैसे—The Sun shines. इस वाक्य में The Sun यह Subject (उद्देश्य) और

Shines यह Predicate (विधेय) है। आज्ञार्थी वाक्य में Subject यानी उद्देश्य को नजरअंदाज कर दिया जाता है—यह माना जाता है। वाक्य अर्थ के मामले में पूरी तरह से स्वतंत्र है। वाक्यांश में भी Subject और Predicate होते हैं; लेकिन वाक्यांश वाक्य का एक हिस्सा है। वाक्प्रचार भी एक निश्चित अर्थ देता है; लेकिन कोई पूर्ण बोध नहीं होता। वाक्प्रचार में हमेशा क्रियापद हो, ऐसा जरूरी नहीं है। Phrase वाक्य या वाक्यांश का एक हिस्सा है। उदाहरण के लिए, Instead of यह Phrase है और To look after—यह भी Phrase है। इनमें पहले Phrase में क्रियापद नहीं है, जबकि दूसरे Phrase में क्रियापद है। वाक्प्रचार हो या वाक्यांश हो अथवा वाक्य हो, वे शब्दों से बने होते हैं और उनमें से कौन सा शब्द कौन सा कार्य करता है, उस पर शब्द की नस्ल पहचानी जाती है।

ऐसा प्रत्येक शब्द आपके द्वारा कहे हुए या लिखे हुए वाक्य के भाग के रूप में होता है। उन्हें वे Parts of speech कहते हैं। हम हिंदी में उन्हें 'शब्दों की नस्ल' कहते हैं। संक्षेप में, हम इन्हें इस प्रकार से दरशा सकते हैं।

Letters (26)

Meaningful association of letters forms a 'Word'.

अक्षरों का सार्थक समुदाय शब्द बनाता है।

Meaningful association of words can make a phrase or a clause or a sentence.

एक वाक्य या वाक्यांश शब्द के एक समुदाय द्वारा बनाया गया है। वाक्यों के भाग parts of speech का अर्थ है—शब्दों की नस्ल। इस प्रकार शब्दों की नस्ल के आठ प्रकार हैं। हर किसी के सामने उसका संक्षिप्त नामकरण (नाम) कोष्ठक में दिया है। शब्दकोश में यह उस रूप में दिखाया गया है।

•	**Noun**	नाउन	नाम (n)
•	**Pronoun**	प्रोनाउन	सर्वनाम (pron)
•	**Adjective**	ॲडजेक्टिव	विशेषण (adj.)

•	**Verb**	वर्ब	क्रियापद (v)
•	**Adverb**	ॲडवर्ब	क्रिया विशेषण (adv.)
•	**Preposition**	प्रिपोजिशन	संबंधसूचक अव्यय (prep.)
•	**Conjunction**	कंजंक्शन	समुच्चयबोधक अव्यय (conj.)
•	**Interjection**	इंटरजेक्शन	विस्मयादिबोधक अव्यय (intj.)

अंग्रेजी भाषा में दिए गए किसी भी वाक्य, वाक्यांश या वाक्प्रचार में प्रत्येक शब्द का अपना एक प्रकार होगा; लेकिन उस वाक्य में वह क्या काम करता है, उस पर उसकी जाति निर्भर है। कभी-कभी एक शब्द एक वाक्य में एक कार्य और दूसरे वाक्य में दूसरा कार्य कर सकता है।

उदाहरण के लिए, I always keep my promise. इस वाक्य में promise शब्द noun है। I promise that I will help you. इस वाक्य में promise शब्द verb है। अब हम विस्तार में शब्द के नस्ल पर विचार करेंगे।

(1) NOUN (नाम)

किसी व्यक्ति, वस्तु, जगह, पशु या समुदाय या भावना या एहसास को Noun यानी नाम कहते हैं। उदा.—Anil, John, Sunita (व्यक्ति); Table, Book (वस्तु); Temple, Garden (स्थान); Dog, Goat (जानवर); Tree (सजीव); people, crowd (समुदाय); pity, joy (भावना, एहसास) आदि। A thing यानी anything that we see, feel or hear, taste, touch or smell. बात यह है कि जो कुछ भी आप देखते हैं या उसके अस्तित्व को देखते हैं या छूते हैं या सुनते हैं या जिनके बारे में सोचते या कल्पना कर सकते हैं, ऐसे सभी यानी स्त्री, पुरुष, लड़का, लड़की या कोई भी या जानवर या जगह यानी शहर, गाँव, खेत, नदी, देश या प्रांत,

कोई जगह या क्रोध, नफरत, प्रेम इत्यादि जैसी कोई भी भावना—इनके नाम को हम Noun कहते हैं।

(2) PRONOUN (सर्वनाम)

नाम के बजाय इस्तेमाल किए जानेवाले शब्द को 'सर्वनाम' कहा जाता है। नाम को दोहराने से बचने के लिए सर्वनाम का उपयोग किया जाता है। उदाहरण के लिए, Rama is a boy. He is my friend. इसमें he ये शब्द Rama के बदले आया है। सर्वनाम के उदाहरण—I (मैं), we (हम), you (तुम), he (वह), she (वह), it (वह) आदि।

(3) ADJECTIVE (विशेषण)

नाम या सर्वनाम के बारे में विशेष जानकारी बतानेवाले शब्द को 'विशेषण' कहा जाता है। विशेषण नाम या सर्वनाम के अर्थ को एक विशेष शिला लेख से जोड़ता है।

उदाहरण के लिए, Anil is very clever. इसमें clever (चतुर) शब्द अनिल के बारे में विशेष जानकारी देता है। इस विशेषण के अन्य उदाहरण tall (लंबा), twenty (बीस), lazy (आलसी), some (कुछ), each (प्रत्येक) हैं।

(4) VERB (क्रियापद)

क्रिया दरशानेवाले और वाक्य को अर्थपूर्ण बनानेवाले शब्द को क्रियापद या क्रियावाचक शब्द कहते हैं। वाक्य क्रियापद के बिना नहीं हो सकता। केवल क्रियापद से भी वाक्य बनाया जा सकता है। I take tea. इसमें take क्रियापद है। stand up यह भी वाक्य है। go (जाना) भी वाक्य है। sit बैठना, play (खेलना), give (देना) ये क्रियापदों के उदाहरण हैं।

(5) ADVERB (क्रिया विशेषण)

वाक्य में क्रियापद के बारे में या विशेषण के बारे में या दूसरे किसी

क्रिया विशेषण के बारे में जानकारी बतानेवाले शब्द को क्रिया विशेषण यानी Adverb कहते हैं।

उदाहरण के लिए—Anil came to my house quickly. इस वाक्य में quickly (तत्काल, तेज) ये क्रिया विशेषण came इस क्रियापद की जानकारी देता है। Rekha is very beautiful. इस वाक्य में very यह क्रिया विशेषण, beautiful इस क्रिया विशेषण के बारे में बताता है और Jagjit pronounced the word quite correctly इस वाक्य में quite यह क्रिया विशेषण correctly इस दूसरे क्रिया विशेषण के बारे में बताता है। fast, slowly, exactly, extremely आदि और अनंत क्रिया विशेषण का एक उदाहरण हो सकते हैं।

(6) PREPOSITION (संबंध-सूचक अव्यय)

दो शब्दों या दो नामों में या दो सर्वनामों में या एक नाम और एक सर्वनाम—इनमें संबंध दरशानेवाले शब्द को संबंध-सूचक अव्यय यानी Preposition कहते हैं।

There are fifty students in our class.
Most of the girls are fond of rangoli designs.
Mohan is standing under a tree.
At, to, into, in, among, of, between, during, from आदि Preposition के कुछ और उदाहरण हैं।

(7) CONJUNCTION (समुच्चयबोधक अव्यय)

जो शब्द दो शब्दों या दो वाक्यों को जोड़ता है, उसे 'समुच्चयबोधक अव्यय' कहा जाता है।

Rama and Laxmana were cousins.
Five and five make ten.

And, so, because, till, untill आदि समुच्चयबोधक अव्यय के कुछ और उदाहरण हैं।

(8) INTERJECTION (विस्मयादिबोधक अव्यय)

ऐसे शब्द, जो खुशी, दु:ख, उत्तेजना, आश्चर्य और अन्य भावनाओं को व्यक्त करने के लिए उपयोग में लाए जाते हैं, उन्हें 'विस्मयादिबोधक अव्यय' कहते हैं। उनका कोई अलग अर्थ नहीं होता।

Hurray! We have won the match.
Alas! She has failed.

Hurray, Oh, Alas, O, Eh, Hush आदि विस्मयादिबोधक अव्यय के अन्य उदाहरण हैं।

□

2

More About Nouns
संज्ञा में थोड़ा अधिक

KINDS OF NOUNS : हमने सीखा है कि व्यक्ति, वस्तु या स्थान के नाम को संज्ञा Noun कहा जाता है। यहाँ निम्नलिखित प्रकार के नाम हैं—

(1) PROPER NOUN (विशेष नाम) : किसी विशेष व्यक्ति, स्थान या वस्तु के विशिष्ट (यानी खास) नाम को Proper Noun (विशेष नाम) कहते हैं।

उदा.—(1) Anil is my friend.

(2) Indira was Nehru's only daughter.

(3) Nanded is famous for Garudwara. Shyam, Shahin, Parbhani, Sunil, George, Kavita आदि Proper noun के कुछ अन्य उदाहरण हैं।

(2) COMMON NOUN (सामान्य नाम) : समान प्रजाति के पदार्थ के समान गुण-धर्म की वजह से या समान व्यक्ति या जानवर के समान गुणधर्म की वजह से उस प्रकार के सभी व्यक्ति या वस्तु को एक सामान्य नाम दिया जाता है, जिसे Common noun कहते हैं। उदा.—Shivaji was a great king. इस वाक्य में Shivaji एक राजा का विशेष नाम Proper noun है। यदि ऐसा है तो king सामान्य नाम Common noun है। इसका उपयोग अन्य सभी राजाओं के लिए किया जा सकता है। cow, goat, boy, teacher, country, river ये आम नामों के अन्य उदाहरण हैं। एक विशिष्ट

संदर्भ में Proper noun भी Common noun के रूप में उपयोग में लाया जा सकता है। उदा.—There are some Shakespeares in India. यहाँ Shakespeare यानी महान् नाटककार हैं।

(3) COLLECTIVE NOUN (समुदायवाचक नाम) : वह शब्द जो व्यक्ति या वस्तुओं के समुदाय का प्रतिनिधित्व करता है, उसे Collective noun कहते हैं। यानी व्यक्ति या वस्तुओं के समुदाय के नाम को Collective noun कहते हैं। उदा.—I saw a big crowd in the fair. इसमें crowd एक ऐसा शब्द है जो व्यक्ति के समुदाय को दिखाता है। यदि ऐसा है तो A flock of wild swans, इसमें flock पक्षियों का समुदाय और A bunch of flowers में bunch यानी फूलों का समुदाय। अन्य उदाहरण—A fleet जहाज का समुदाय, An army सैनिकों का समुदाय, A crowd लोगों का समुदाय, A herd of deer हिरण का झुंड आदि।

(4) ABSTRACT NOUN (भाववाचक नाम) : नाम, जो गुण, धर्म, मूल्य या गुण-धर्म व्यक्त करते हैं, उन्हें Abstract noun यानी भाववाचक नाम कहते हैं। Abstract यानी अलग किया हुआ।

उदा.—brave soldier शब्द में brave आपके बारे में स्वतंत्र रूप से सोचें तो bravery ऐसा कर सकते हैं। इसलिए bravery Abstract noun है।

(1) विशेषण से भाववाचक नाम को बनाया जा सकता है। उदा.—polite से politeness, kind से kindness, honest से honesty और brave से bravery आदि।

(2) क्रियापद से भाववाचक नाम बनाए जा सकते हैं। उदा.—grow से growth और obey से obedience.

(3) सामान्य नाम से भाववाचक नाम बनाया जा सकता है। उदा.—child से childhood, boy से boyhood, slave से slavery आदि।

(5) MATERIAL NOUN (पदार्थवाचक नाम) : जिस नाम से किसी पदार्थ का यानी धातु, भोजन या पेय का बोध होता है, ऐसे नाम को पदार्थवाचक नाम स्वतंत्र वर्ग कुछ व्याकरणकारों ने दिया है। उदा.— Water (जल), Gold (सोना), Oil, (तेल), Silver (चाँदी) आदि।

Exercise :

Identify the nouns from the following sentences and state the kind of each of them. निम्नलिखित वाक्यों में नाम (noun) की पहचान करें और प्रत्येक का प्रकार बताएँ।

(i) Ashoka was a great king.
(ii) A committee of seven members was appointed for the investigation.
(iii) The Kosi river is a disaster for Bihar.
(iv) One cannot be happy without good health.
(v) We should always respect our parents.
(vi) Mohan was rewarded for his bravery.
(vii) Health is better than wealth.

NOUN : NUMBER (नाम : वचन)

(6) Singular & Plural nouns (एकवचन और बहुवचन नाम) : व्यक्ति, वस्तु या स्थान—इनमें से एक या अधिक हो सकता है, इसलिए नाम एकवचनी या बहुवचनी हो सकते हैं, इसलिए हिंदी जैसे ही अंग्रेजी में एकवचन और बहुवचन, ये दो वचन हैं।

Singular number (एकवचनी नाम) : नाम, जिसे व्यक्ति या वस्तु के रूप में नाम दिया गया है, 'एकवचनी' नाम कहा जाता है। उदा.— boy, man, tree, book, problem आदि।

Plural number अनेकवचनी नाम : जो दो या दो से अधिक व्यक्तियों या वस्तुओं या स्थानों को संदर्भित करता है, उसे 'अनेकवचनी' नाम कहते हैं। उदा.—boys, men, trees, books, problems.

एकवचनी नाम का रूपांतर अनेकवचनी नाम में करते समय छात्र गलती करते हैं और कुछ नाम एकवचनी और अनेकवचनी रूप में एक समान होते हैं, इसलिए एकवचनी नाम का रूपांतर अनेकवचनी नाम में करने के लिए आम स्रोतों के बारे में सोचना आवश्यक है। सबसे पहले निम्न बिंदु याद रखें।

कुछ नामों का एकवचन और बहुवचन रूप एक जैसा होता है; उदा.—

संख्याओं का प्रतिनिधित्व करनेवाले नामों को संख्यात्मक नाम कहा जाता है। ऐसे नाम एकवचन और बहुवचन रूप में समान हैं। उदा.—five hundred people, four dozen eggs, four pair socks.

(i) संख्यात्मक नाम—हालाँकि इन स्थानों में बहुत सी संख्याएँ हैं। उनके पास s या es प्रत्यय नहीं है; लेकिन संशोधित संरचना में नाम का बहुवचन रूप एकवचनी रूप से विलक्षणता से अलग है। उदा.—Hundreds of people, Scores of oranges etc.

(ii) कुछ जानवरों का नाम एकवचन और बहुवचन रूप में एक जैसा होता है। उदा.—fish, sheep, deer, salmon आदि।

(iii) कुछ वाक्प्रचार या Expression अभिव्यक्ति एकवचन और बहुवचन रूप में एक जैसे होते हैं। उदा.—A ten rupee note, a six-year-old girl, a four-mile-walk, etc.

(iv) इसके अलावा crops, species, series, pair, thousand आदि भी एकवचन और बहुवचन रूप में एक जैसे होते हैं।

(v) भाववाचक नाम हमेशा एकवचनी होते हैं; उदा.—courage, despair, haste आदि।

(vi) अधिकांश समुदायवाचक नाम रूप में एकवचनी ही होते हैं। उदा.—cattle, clergy, police, a dozen score, sheep, trout आदि; मगर वे हमेशा अनेक वचन के संदर्भ में इस्तेमाल होते हैं।

उदा.—(1) These cattle are mine, (2) I saw these people.

(b) नीचे दिए गए कुछ नामों का उपयोग केवल एकवचन रूप में किया

जाता है। alphabet clothing, furniture, information, luggage, machinery, poetry, scenery, etc.

उदा. के लिए ये वाक्य देखें—I bought new furniture.
I enjoyed the scenery at Panchgani.
We study poetry in our college.

(c) निम्न प्रकार के नाम (Nouns) बहुवचन होने के बावजूद—आमतौर पर एकवचन रूप में ही इस्तेमाल किए जाते हैं।

(i) Mathematics, physics, politics आदि विषयों के नाम।
(ii) Diabetes, Piles आदि बीमारियों के नाम।
(iii) Draughts, Gymnastics, Billiards आदि खेलों के नाम।

इसके लिए निम्नलिखित वाक्य देखें।

(i) Mathematics is a very difficult subject.
(ii) The news of Afghan war was shocking.
(iii) He was playing billiards.

(d) कुछ Nouns केवल बहुवचन रूप में ही इस्तेमाल किए जाते हैं। उनमें निम्नलिखित नाम शामिल हैं—

(i) उन चीजों के नाम, जो दो भागों का हिस्सा हैं, उदा.—scissors (कैंची), spectacles (ऐनक), tongs (चिमटा) bellows (गरजना) आदि।

ये वाक्य देखें—(i) These scissors are very sharp,
(ii) My spectacles have been broken.
(iii) वेशभूषा, वस्तु के नाम—उदा.—shoes, socks, trousers, लेकिन a pair of shoes यह कहने के बाद singular या एकवचनी बनते हैं।

निम्नलिखित वाक्य में अंतर देखें

Leather shoes are costly, need a pair of shoes यह नाम एकवचन और बहुवचन दोनों स्वरूप में समान है। उदा.—Unfair means were used by them—यदि ऐसा है तो Wealth is only a means not the end कई नामों के बहुवचन नाम दो तरीकों से बनाए जाते हैं। उदा.—brother के बहुवचन brothers और brethren ऐसे दो हैं। brothers का मतलब सगे भाई और brethren का मतलब बांधव, यानी एक ही जाति के या परिवार के सदस्य है। cloth का cloths ऐसा किया जाए तो कपड़ों के बहुत टुकड़े, ऐसा अर्थ होता है और clothes ऐसा किया जाए तो शरीर पर परिधान किया हुआ वस्त्र, ऐसा अर्थ होता है। कुछ नामों का बहुवचन एक ही स्वरूप का होने के बावजूद उनका अर्थ अलग-अलग होता है।

उदा.—Arm शब्द का बहुवचन Arms है। इसका अर्थ 'बाहु' ऐसा होता है और arms का अर्थ हथियार भी है। ऐसे अन्य नाम निम्नानुसार हैं :

एकवचनी नाम	**बहुवचनी नाम और अर्थ**
spectacle (दृष्टि, दृश्य)	spectacles दिखावा और चश्मा
quarter (चौथा हिस्सा)	quarters (चौथा हिस्सा) रहने के लिए घर
pain (दर्द)	pains दर्द (बहुत)

उदा.—I have pains in may heart.
He has taken pains for me.

Minute (मिनट)	Minutes (कई मिनट)

कुछ नाम का अर्थ एकवचन और बहुवचन के रूप में अलग होता है।

उदा.—एकवचनी	**बहुवचनी**
Advice (उपदेश)	Advices (सूचना)
Air (हवा)	Airs (अभिमानी व्यवहार)
Authority (अधिकार)	Authorities (अधिकारी)

Content (समाधान)	Contents (आंतरिक बात)
Good (अच्छा)	Goods (माल)

कुछ शब्दों के एकवचन में दो अर्थ होते हैं और बहुवचन में एक होता है।

उदा.—एकवचनी नाम	**बहुवचनी नाम**
Force ताकत और सैन्य	Forces सैन्य (बहुत)
Issue परिणाम और उत्पत्ति	Issues एकाधिक परिणाम
Wood (लकड़ी) और जंगल	Woods (जंगल)

WAYS OF FORMING PLURALS

(1) अगर सामान्य नाम के अंत में s या sh या ch या x है तो उसे es प्रत्यय लगाकर उसका बहुवचन बनाया जाता है।

उदा.—Singular एकवचन	**Plural बहुवचन**
Dish	Dishes
Watch	Watches
Branch	Branches

(2) जिस सामान्य नाम के अंत में o हो तो उसे भी es का प्रत्यय लगाकर बहुवचन बनाया जाता है।

उदा.—Singular एकवचन	**Plural बहुवचनी**
Mango	Mangoes
Hero	Heroes
Echo	Echoes

लेकिन कुछ नामों के अंत में o हो तो इसके बावजूद वचन बनाते समय s यही प्रत्यय लगाते हैं, es नहीं लगता। ऐसे नाम सामान्य रूप से कभी-कभी इस्तेमाल किए जाते हैं।

उदा.—Singular एकवचन	Plural बहुवचन
Piano	Pianos
Photo	Photos

(3) जिनके नाम के अंत में y और उसके पहले व्यंजन हैं, उन नामों में से अंतिम y निकल जाता है। उसके स्थान पर i आता है और फिर उसे es प्रत्यय लगाया जाता है।

उदा.—Singular एकवचन	Plural बहुवचन
Army	Armies
Story	Stories
Pony	Ponies

(4) जिनके नाम के अंत में f या fe रहता है तो उसका बहुवचन बनाते समय f का या fe का v में परिवर्तन होता है और उसके बाद उसे es प्रत्यय लगता है।

उदा.—Singular एकवचन	Plural बहुवचन
Thief	Thieves
Wife	Wives
Wolf	Wolves

लेकिन कुछ सामान्य नाम इस नियम के अपवाद हैं, जैसे—

उदा.—Singular एकवचन	Plural बहुवचन
Chief	Chiefs
Gulf	Gulfs

कुछ नामों की स्पेलिंग (वर्तनी) में आखिर में व्यंजन होता है और उस व्यंजन से पहले एक स्वर होता है। इस तरह के नामों का बहुवचन करते समय उस स्वर में बदलाव किया जाता है।

उदा.—Singular एकवचन	Plural बहुवचन
Man	Men
Tooth	Teeth
Foot	Feet
Goose	Geese

कुछ एकवचनी नामों के अंत में en प्रत्यय लगाकर उन्हें बहुवचनी बनाया जाता है।

उदा.—Singular एकवचन	Plural बहुवचन
Ox	Oxen
Child	Children

(Compound Noun) संयुक्त नाम का बहुवचन करते समय आमतौर पर यह माना जाता है कि इसके मुख्य नाम में (stem को) s प्रत्यय लागू किया जाता है या इसके पूर्व जो नाम दिया गया है, उसका सही तरीके से बहुवचन करना होगा।

उदा.—Singular एकवचन	Plural बहुवचन
Passer by	Passers by
Commander-in-Chief	Commanders-in-Chief

कुछ संयुक्त नाम के (Compound Nouns) बहुवचन करते समय अंतिम शब्द का ही बहुवचन किया जाता है।

उदा.—Singular एकवचन	Plural बहुवचन
Arm chair	Arm chairs

इस संयुक्त नाम का अंतिम शब्द नाम है। उसमें पहले शब्द बहुवचन करना पड़ता है।

उदा.—Singular एकवचन	Plural बहुवचन
Court material	Courts material

निम्नलिखित उदाहरणों को देखें। दोनों का बहुवचन किया गया है।

उदा.—Singular एकवचन	Plural बहुवचन
Man servant	Men servants

ध्यान रखें कि आम नाम में दो नाम होते हैं या उनमें एक नाम और एक अन्य शब्द है।

उदाहरण—fisherman, bedroom, bridegroom, policeman.

Gender of the Nouns
नाम लिंग विचार

हिंदी जैसे ही अंग्रेजी में भी नाम पुल्लिंगी या स्त्रीलिंगी या नपुंसकलिंगी या उभयलिंगी हो सकते हैं, इसलिए अंग्रेजी नाम Noun निम्नलिखित में से एक प्रकार है।

(1) **Masculine gender पुल्लिंगी नाम :** पुल्लिंगी शब्द को संदर्भित करनेवाला नाम पुल्लिंगी कहलाता है। उदा.—hero, man, boy, king, son, uncle.

(2) **Feminine gender स्त्रीलिंगी नाम :** स्त्रीलिंगी वस्तु का निर्देश करनेवाले नाम फेमिनाइन जेंडर में होते हैं, यानी स्त्रीलिंगी होते हैं। उदा.—heroine, woman, girl, queen, daughter, aunt etc.

(3) **Common gender उभयलिंगी नाम :** वाक्य और परिस्थिति के अनुसार सामान्य नाम पुरुष या महिला दोनों को भी संदर्भित कर सकते हैं; वे Common gender में आते हैं, यानी आम या उभयलिंगी होते हैं। उदा.—friend, child, patient, student, thief, servant, baby, cousin आदि।

(4) **Neuter gender नपुंसकलिंगी नाम** : जो सामान्य नाम पुल्लिंगी और स्त्रीलिंगी दोनों भी नहीं हों, ऐसी वस्तुओं का निर्देश करनेव ले Neuter gender में आते हैं, यानी नपुंसकलिंगी में आते हैं। उदा.—tree, pen, book, room, road आदि।

याद रखें—

(1) अंग्रेजी में किसी नाम स्वरूप से उसका (लिंग) gender न तय करते हुए प्रत्यक्ष वह वस्तु masculine है या feminine है, उस पर से वस्तु का नाम gender तय होता है।

(2) सामुदायिक नाम जीवित प्राणियों को निर्देशित करते हैं, फिर भी उन्हें Neuter gender नपुंसकलिंगी माना जाता है।

(3) छोटे बच्चे या लड़कियों को Neuter gender के अंदर माना जाता है।

He is a child.
She is a child.

(4) सुंदरता, सद्गुण और सभ्यता—इनका निर्देश करनेवाली वस्तुओं को आमतौर पर स्त्रीलिंगी Feminine gender माना जाता है। उदा.—Spring, The moon, The earth, nature आदि।

(5) वस्तु या व्यक्ति का नाम, जो शक्ति, हिंसा, अत्याचार जैसी चीजों का निर्देश करता है, उन्हें Masculine gender पुल्लिंगी माना जाता है। उदा.—The summer, The sun, time, death, strength.

(6) जब निर्जीव या अमानवीय चीजों को मानवीय रूप दिया जाता है, अर्थात् जब उन पर चेतना का अलंकरण होता है तो उन्हें पुल्लिंगी या स्त्रीलिंगी माना जाता है। उदा.—pen नपुंसकलिंगी है, लेकिन उसे एक मानव रूप दें तो His pen killed me—She stood to be my enemy यह कहा जाएगा।

कई बार एक आम नाम के लिए सर्वनाम लेते समय he, she या it इसमें कौन सा सर्वनाम लें, यह सवाल आता है, इसलिए उपर्युक्त अपवादात्मक उदाहरणों को याद रखना आवश्यक है।

उदा.—I got into a ship. She was a beautiful ship. इस जगह पर ship के लिए she सर्वनाम लिया गया है। अंग्रेजी में पुल्लिंगी शब्द का परिवर्तन स्त्रीलिंगी शब्द में करते समय अपवादात्मक शब्द के बिना निम्नलिखित जैसे प्रत्यय लगाए जाते हैं या बदल दिए जाते हैं।

(1) कुछ शब्दों को ess, a या ine या trix इनमें से एक सही उपसर्ग लगाकर उसका रूपांतर स्त्रीलिंगी नाम में कर सकते हैं।

उदा.—पुल्लिंगी Masculine	**स्त्रीलिंगी Feminine**
Host	Hostess
Lion	Lioness
Poet	Poetess
Priest	Priestess
Shepherd	Shepherdess

कुछ पुल्लिंगी के नाम के अंतिम स्वर को छोड़कर उसमें ess प्रत्यय लगाते हैं।

Masculine पुल्लिंगी	**Feminine स्त्रीलिंगी**
Negro	Negress
Actor	Actress

कुछ नामों के अंत में या शुरुआत में एक शब्द जोड़कर उस शब्द को स्त्रीलिंगी शब्दों में परिवर्तित किया जा सकता है।

उदा.—Masculine पुल्लिंगी	**Feminine स्त्रीलिंगी**
Man servant	Maid servant
He bear	She bear
Grandfather	Grandmother

Landlord	Landlady
Peacock	Peahen

अनेक शब्दों के स्त्रीलिंगी शब्दों में रूपांतर करते समय उसमें पूर्ण बदल करना पड़ता है।

उदा.—**Masculine पुल्लिंगी**	**Feminine स्त्रीलिंगी**
Father	Mother
Horse	Mare
Lord	Lady
Son	Daughter
Boy	Girl
Uncle	Aunt
Wizard	Witch

Exercise : 1 A—Make feminine of the following nouns. नीचे दिए गए शब्दों के स्त्रीलिंगी शब्द बनाएँ।

(1) Gentleman, (2) Buck, (3) Cock, (4) Author, (5) Host, (6) Lion, (7) Actor.

1 B—Make masculine from the following निम्नलिखित स्त्रीलिंगी शब्दों के पुल्लिंगी शब्द बनाएँ।

(1) Cow calf, (2) Peahen, (3) Heroine, (4) Mistress, (5) Tigress, (6) Aunt, (7) Mother.

Formation of Noun from Verbs

(Verbs) क्रियापदों का रूपांतर (Noun) नाम में करते समय क्रियापद पर एक विशिष्ट प्रत्यय लागू किया जाता है। उसमें कुछ अपवाद भी हैं; लेकिन फिर भी, अगर उन प्रत्ययों को ध्यान में रखा जाए तो क्रियापदों का रूपांतर नाम में करना आसान होगा।

क्रियापद verb	अर्थ	प्रत्यय	नाम noun	अर्थ
achieve	लाभ लेना	ment	achievement	सफलता या उपलब्धियाँ
announce	घोषित करना	ment	announcement	सार्वजनिक प्रकटीकरण
accompany	साथ देना	ment	accompaniment	संगत
astonish	आश्चर्यचकित करना	ment	astonishment	आश्चर्य
enjoy	मस्ती करना	ment	enjoyment	मस्ती
encourage	प्रोत्साहित करना	ment	encouragement	प्रोत्साहन
excite	उत्तेजित होना	ment	excitement	उत्तेजना
enroll	नामांकन करना	ment	enrollment	नामांकन
settle	समझौता करना	ment	settlement	समझौता

क्रियापद को tion प्रत्यय लगकर बननेवाला noun अंतिम शब्द y है। यदि ऐसा है तो उसका i बनके ion लगाता है। कभी-कभी e का रूपांतरण a में होता है। कुछ शब्दों में अंतिम b का लोप होता है और tion प्रत्यय लगता है।

absorb	सोख लेना	tion	absorption	अवशोषण
admire	प्रशंसा	tion	admiration	प्रशंसा
concentrate	ध्यान केंद्रित	tion	concentration	एकाग्रता
continue	जारी रहना	ation	continuation	विस्तार
confirm	पुष्टि करना	ation	confirmation	पुष्टीकरण
create	सर्जन करना	-e+tion	creation	रचना
convict	दोषी ठहराना	tion	conviction	दोष-सिद्धि
donate	दान करना	tion	donation	दान
explain	समझाना	ation	explanation	स्पष्टीकरण

expect	उम्मीद	ation	expectation	उम्मीद
inspire	प्रेरित	-e+ation	inspiration	प्रेरणा
interrupt	बाधा	tion	interruption	रुकावट
locate	का पता लगाने	tion	location	स्थान
prepare	तैयार करना	tion	preparation	तैयारी
realise	एहसास	tion	realisation	एहसास
receive	प्राप्त करना	tion	reception	स्वागत
reduce	कम करना	tion	reduction	घटौती
recognise	पहचानना	tion	recognition	पहचान
reflect	प्रतिबिंबित	tion	reflection	प्रतिबिंब
repeat	दोहराना	tion	repetition	दोहराना
restore	बहाल	tion	restoration	मरम्मत
reveal	पता चलना	tion	revelation	खुलासे

कुछ क्रियापदों को ance या ence प्रत्यय लगाकर उसका रूपांतरण नाम में कर सकते हैं।

उदा.—Verb	अर्थ	Noun	अर्थ
appear	दिखाई	appearance	दिखावट
assure	आश्वासन	assurance	आश्वासन देना
attend	भाग लेना	attendance	उपस्थिति
depend	निर्भर	dependence	निर्भरता
defend	बचाव	defence	रक्षा
differ	अलग	difference	अंतर

कुछ क्रियापदों को sion प्रत्यय लगकर उनका नाम बन जाता है।

उदा.—Verb क्रियापद	अर्थ	Noun	अर्थ
admit	स्वीकार करना	admission	प्रवेश
confuse	भ्रमित	confusion	उलझन
decide	तय	decision	फैसला
discuss	चर्चा	discussion	विचार-विमर्श

कुछ क्रियापदों को al प्रत्यय लगकर उनका नाम बन जाता है।

उदा.—Verb	Meaning	+ al Noun	Meaning
arrive	पधारना	arrival	पहुँचना
propose	प्रस्ताव	proposal	सूचना, प्रस्ताव
refuse	इनकार	refusal	प्रतिषेध
remove	हटाना	removal	निष्कासन

कुछ क्रियापदों में y प्रत्यय लगकर उनका नाम बन जाता है।

उदा.—Verb	Meaning	+ y Noun	Meaning
injure	घायल होना/हानि पहुँचाना	injury	चोट
deliver	देना, देने की क्रिया	delivery	दी गई वस्तु
enter	प्रवेश करना	entry	प्रवेश

कुछ क्रियाएँ f या fe प्रत्यय लगकर उनका नाम बन जाता है।

उदा.—Verb	Meaning	+f, fe Noun	Meaning
believe	भरोसा रखना	belief	धारणा
relieve	राहत देना	relief	राहत
grive	दुखी करना	grief	दुखी

live	जीना	life	जिंदगी

कुछ क्रियाएँ ure प्रत्यय लगकर उनका नाम बन जाता है।

उदा.—Verb	Meaning	+ ure Noun	Meaning
close	बंद करना	closure	समापन
fail	असफल	failure	असफलता
please	आनंदित करना	pleasure	खुशी

कुछ क्रियापदों spelling में से se का रूपांतरण ce में करके उनका नाम परिवर्तित कर सकते हैं।

उदा.—Verb	Meaning	Noun	Meaning
advise	सलाह देना	advice	सलाह
devise	मार्ग खोजना	device	मार्ग / चाल
practise	अभ्यास करना	practice	अभ्यास

Noun from Adjectives विशेषण से बने नाम : विशेषण से नाम बनाते समय भी ness, ice, are, ity, hood, ry, ance आदि प्रत्यय विशेषण लगाकर उनको noun या नाम बनाया जा सकता है।

Adjective	प्रत्यय	Noun
able समर्थ, मूल्य	ity	ability योग्यता
broad व्यापक	ity	breadth चौड़ाई
capable सक्षम	ity	capability क्षमता
clear स्पष्ट	ity	clarity स्पष्टता
curious उत्सुक	ity	curiosity उत्सुकता
fly उड़ना	ity	flight उड़ान

responsible जिम्मेदार	ity	responsibility जिम्मेदारी
vain झूठा, व्यर्थ	ity	vanity घमंड
delicate नाजुक	icy	delicacy विनम्रता
intimate सुपरिचित	icy	intimacy मित्रता
long लंबा	th/ht	length लंबाई
true सच	th/ht	truth सत्य
eager उत्सुक	ness	eagerness उत्सुकता
firm दृढ़	ness	firmness दृढ़ता
sad उदास	ness	sadness उदासी

□

3

Case
विभाजनशील प्रत्यय

वाक्य के अर्थ में अधिक सूक्ष्मता और स्पष्टता लाने के लिए हम नाम में विभाजनशील प्रत्यय जोड़ते हैं। जैसे हिंदी भाषा में ऐसे आठ विभाजनशील प्रत्यय हैं, वैसे ही अंग्रेजी में तीन विभाजनशील प्रत्यय हैं। अब हम इनका अभ्यास करेंगे।

Sunil threw a ball—यह वाक्य देखें। इसमें सुनील (Sunil) वाक्य का कर्ता है, यह आप जानते हैं। इसे अंग्रेजी में Subject कहते हैं। threw (फेंकना), यह क्रियापद है और threw a ball, यह पूर्ण भाग predicate है और उसमें से a ball यह कर्म (object) है, यह आप जानते हैं। ऊपर दिए गए वाक्य में threw इस क्रियापद को अगर who threw a ball ? ऐसा प्रश्न किया जाए, तब Sunil यह जवाब मिलता है। Sunil यह subject कर्ता है। Sunil एक नाम है। इसी प्रकार वाक्य में जब कोई नाम किसी क्रियापद का कर्ता बनकर इस्तेमाल होता है, तब वह नाम Nominative case में प्रथम विभक्ति है, ऐसा समझें। जैसे—ऊपर दिए गए वाक्य में Sunil, यह नाम Nominative case में है, वैसे ही Girls learn, Anil laughs आदि। इन वाक्यों को देखिए और उनमें से case पहचानिए।

Balaji eats mangoes. I like sweets इन वाक्यों को देखिए। पहले वाक्य के eat क्रियापद को What does Balaji eat ? ऐसा प्रश्न किया जाए तो हमें Mangoes यह उत्तर मिलता है। इसका मतलब Mangoes यह

नाम कर्म यानी Object है, यह आप जानते हैं, इसलिए वह नाम Objective case या Accusative case में है, ऐसा मानते हैं। जो नाम किसी शब्दयोगी अव्यय के बाद यानी preposition के बाद आते हैं, जो अव्यय उस नाम पर नियंत्रण रखते हैं, वे नाम भी Accusative case में आते हैं। उदा.—He is sitting in the room. इसमें the room यह नाम या the notebook is on the table, इसमें the table यह नाम Where is he sitting ? Where is the book ? इस प्रश्न के पूछे जाने पर अनुक्रम में In the room और on the table यह जवाब मिलता है, इसलिए वे Accusative case के उदाहरण हैं। अब इस वाक्य को देखिए। This is Anil's book.

Anil's book यानी अनिल की पुस्तक। यहाँ Anil इस नाम का रूप Anil's में बदलकर लिखा गया है, यानी Anil इस नाम को 's' (ऍपॅस्ट्रॉफी एस) लगाया है, ऐसा बदल किया हुआ नाम positive case में है, ऐसा मानते हैं। positive case हमेशा whose इस प्रश्न का उत्तर देते हैं। उदा.—whose book is this ? का जवाब होगा Rama's book. कुछ जगह positive case ही लेखक या शुरुआत के केंद्र को दिखाते हैं। उदा.—Shaw's essay यानी shaw ने लिखा हुआ निबंध, Rama's Temple का मतलब Rama की मूर्ति, जिसमें है, वह मंदिर ऐसा भी हो सकता है।

Positive case के संदर्भ में निम्नलिखित अंकों को ध्यान में रखिए।

- एकवचनी नाम हो तो उसका positive case बनाते वक्त उसे 's' (ऍपॅस्ट्रॉफी एस) लगाएँ। उदा.—King's place, Mohan's house.
- जब कोई नाम अनेकवचन में हो और उसका अंत s प्रत्यय से हो, तब सिर्फ ऍपॅस्ट्रॉफी का ' ' ऐसा चिह्न लगाएँ; s नहीं जोड़ें। उदा.—Girl's school, Boy's college आदि।
- मगर जो नाम अलग प्रकार से अनेकवचनी हो, यानी उसके अंत में s नहीं हो, उस नाम को मात्र ऍपॅस्ट्रॉफी s जोड़ें। उदा.—women's club, children's garden आदि।

- जब दो नाम एक साथ जुड़े हुए हों, तब बाद में आनेवाले नाम में ऍपॅस्ट्रॉफी s लगाएँ। उदा.—Kalu and Bholu's house.
- किसी शीर्षक में या नाम में अनेक नामों का समावेश हो, तब अंतिम नाम को ऍपॅस्ट्रॉफी s लगाएँ। उदा.—The servant of a landlord's daughter आदि।
- पर जब दो नाम अलग-अलग हक दिखाएँ, तब दोनों नामों को ऍपॅस्ट्रॉफी s लगाना पड़ता है। उदा.—Shakespear's poems या Rama's and Laxman's bows आदि।
- जिस नाम के एकवचन में भी आखिर में s या ऍपॅस्ट्रॉफी s या es होता है, उस नाम को ऍपॅस्ट्रॉफी s लगाना टालते हैं। उदा.—for goodness' sake सिर्फ चिह्न लगाएँ। Jesus' Mercy आदि।
- सामान्य रूप से सजीव वस्तुओं के नाम को ऍपॅस्ट्रॉफी s लगाएँ और निर्जीव वस्तु के नाम के संदर्भ में of का उपयोग करें। उदा.—Kavita's book मगर it is the book of my library निर्जीव वस्तु को व्यक्ति मान लिया हो तो उसे ऍपॅस्ट्रॉफी s लगाते हैं। उदा.—India's tea, Nature's Laws आदि।
- समय, काल या वजन दरशानेवाले नामों को उनके निर्जीव होते हुए भी ऍपॅस्ट्रॉफी s लगाते हैं।

□

4

Kinds of Pronouns

सर्वनाम के प्रकार

नाम की जगह आनेवाले शब्द को सर्वनाम Pronoun कहते हैं। यह आपने पहले देखा है। उपयोग के हिसाब से सर्वनाम के निम्नलिखित छह प्रकार हैं। इनका हम अधिक विस्तार से विचार करेंगे।

(1) Personal pronouns वैयक्तिक या पुरुषवाचक सर्वनाम

(2) Reflexive pronouns कर्मकर्तावाचक सर्वनाम

(3) Demonstrative pronouns दर्शक सर्वनाम

(4) Relative pronouns संबंधदर्शक सर्वनाम

(5) Interrogative pronouns प्रश्नार्थक सर्वनाम

(6) Indefinite pronouns अनिश्चित सर्वनाम

हर एक का अधिक विस्तार से विचार करते समय हम उनके उप-प्रकार का अध्ययन करने वाले हैं।

(1) Personal pronouns (पुरुषवाचक सर्वनाम)

बात करते समय बात करनेवाले व्यक्ति और खुद सुननेवाले व्यक्ति और जिस व्यक्ति के बारे में बात की जा रही हो, वह व्यक्ति—ऐसे तीन व्यक्तियों का संदर्भ आता है—

उनका निर्देश करनेवाले सर्वनामों को Personal pronouns पुरुषवाचक सर्वनाम कहते हैं। नीचे दिए गए प्रकार में जो व्यक्ति खुद बोल

रहा हो, उसका निर्देश करनेवाला निम्नलिखित प्रथम पुरुषी सर्वनाम है। प्रथम पुरुषी स्त्रीलिंगी और पुल्लिंगी।

Case विभक्ति	एकवचनी	अनेकवचनी
Nominative	I (मैं)	We (हम)
Possessive	My (मेरा)	Our (हमारा)
	Mine (मेरी, मेरे)	Ours (हमारे)
Accusative	Me (मुझे)	Us (हमें)

जिसके साथ बात शुरू है या जो सुननेवाला/सुननेवाली है, उनका निर्देश करनेवाले द्वितीय पुरुषी सर्वनाम नीचे दिए गए हैं।

द्वितीय पुरुष पुल्लिंगी और स्त्रीलिंगी पुरुषवाचक सर्वनाम।

Case विभक्ति	एकवचनी	अनेकवचनी	एकवचनी	अनेकवचनी
Nominative	तुम	you, thou	you	आप
Possessive	तुम्हारा	your, thy, thine	your, yours	आपका
Accusative	तुम्हें	you, thee	you	आपको

जिनके संदर्भ में बात हो रही हो, उनकी जगह पर आनेवाले सर्वनाम तृतीय पुरुषी पुरुषवाचक सर्वनाम होते हैं।

Case विभक्ति	एकवचनी	एकवचनी	अनेकवचनी	अनेकवचनी
Nominative	वो, वह, वे	he, she, it	वे	पुल्लिंगी, स्त्रीलिंगी, उभयलिंगी तीनों के लिए उन्हें
Possessive	उसका / उसकी	his, her,	hers	its, their
Accusative	उसे (पु.)	him, her,	to it	them

अब इन वाक्यों को देखें—It is my book. That is her pen.

इनमें से my, her ये सर्वनाम अनुक्रम book और pen के बारे में जानकारी देते हैं, इसलिए उन वाक्यों में ये सर्वनाम विशेषण का कार्य कर रहे हैं। इसी प्रकार possessive case के मामले में भी हो सकता है। इसलिए उसे possessive adjectives या pronominal adjectives कहा जाता है, यह ध्यान में रखिए। संक्षिप्त में, उपयोग से ही शब्द की जाति पहचानी जाती है। my, our, they, your, her, their यह Personal pronouns है। एकवचन और अनेकवचन रूप के और उपयोग के संदर्भ में नीचे दिए गए निर्देशों को (Guide lines) ध्यान में रखिए।

(1) Personal pronouns यह जिस नाम की जगह पर इस्तेमाल किया जाता है, उस नाम का जो वचन है, वही वचन उसका होता है। इसके साथ उसका gender यानी लिंग भी मूल नाम का ही होता है। उदा.—

Anil gave his decision.
The army had to suffer a lot in it's march.
After a few minutes, the girls gave us their decision.

(2) his सर्वनाम विशेषण (adjective) और सर्वनाम इन दोनों तरीकों से इस्तेमाल किया जा सकता है।

उदा.—This is his book (विशेषण possessive adjective) और this book is his सर्वनाम (possessive pronoun)

(3) जब कोई सर्वनाम समुदायवाचक नाम की जगह पर इस्तेमाल किया जाता है और वह समुदायवाचक नाम मिलकर एक ऐसा माना जाता है, तब वह एकवचनी नपुंसकलिंगी माना जाता है। उदा.—

The crew murdered its officers.
After a year, the jury gave its decision.

(4) जब कोई समुदायवाचक नाम अलग-अलग अंतर्भूत वस्तुओं या

व्यक्तियों के समुदाय को निर्देशित करता हो, तब उसकी जगह पर आनेवाले सर्वनाम अनेकवचनी होते हैं। उदा.—
The team changed their decision.
The committee decided the matter without leaving their seat.

(5) जब दो या दो से अधिक एकवचनी नाम and जोड़े जाते हैं, तब उनकी जगह पर आनेवाले सर्वनाम अनेकवचनी होते हैं। उदा.—Ramesh and Suresh are my friends. Sameena and Shaheen both were praised by the President.

(6) किंतु एक ही व्यक्ति के लिए आनेवाले दो नाम जुड़े हुए हों, तब उनकी जगह पर आनेवाले सर्वनाम एकवचनी होते हैं। उदा.—
The incharge and the head, A good person is always liked by his staff.

(7) जब दो एकवचन नाम and अव्यय से जुड़े हुए हों, किंतु उसके पूर्व each या every हो, तब उसके लिए एकवचनी सर्वनाम इस्तेमाल होते हैं। उदा.—Each woman and every girl was in her place.

(8) जब दो एकवचन नाम (nouns) or जुड़े हुए हों, तब उसकी जगह पर एक वचनी सर्वनाम ही लीजिए। उदा.—
Sunita or Anita must obey her mother.

(9) दो एकवचनी नाम (nouns) अगर neither-nor से या either-or से जुड़ी हुई हों, तब उसकी जगह पर आनेवाले सर्वनाम एकवचनी ही होते हैं। उदा.—Either Ravi or Mohan should take me to his house.
Neither Kavita nor Savita has done her homework.

(10) जब कोई सर्वनाम एक से अधिक नाम का या सर्वनाम का निर्देश करते हैं, तब आनेवाले सर्वनाम अनेकवचनी और प्रथम

पुरुषी होते हैं। उदा.—

You and I have come together here and have joined our class.

जब I, thou, he, she, we, they—ये कर्म की जगह आते हैं, यानी accusative case में आते हैं, तब उनके रूप अनुक्रम me, thee, him, her, us और them ऐसे बन जाते हैं। जब ऐसे दो सर्वनाम को किसी and जैसे समुच्चयबोधक अव्यय से जोड़ना हो, तब बाद के सर्वनाम ऊपर दिए गए रूप में जोड़े जाते हैं। उदा.—This book is for you and me.

(11) Comparative degree में than के बाद पूर्ण वाक्यांश हो, तब Nominative case आता है और अगर क्रियापद न हो, तब Accusative case आता है। उदा.—She is taller than me, किंतु She is not as tall as I am.

(2) Reflexive pronouns (कर्मकर्तृत्वाचक सर्वनाम)

जब my, your, him, her, it इन सर्वनामों को self प्रत्यय लगता है या we, your, them इनको selves प्रत्यय लगता है, तब बननेवाले सर्वनाम को Reflexive pronoun कर्मकर्तृत्ववाचक सर्वनाम कहते हैं, क्योंकि कर्ता द्वारा की हुई क्रिया वापस उसी के पास आती है—

You will hurt yourself.

You all will help yourselves.

He helped himself. ऐसे ही herself, itself, themselves ये Reflexive pronouns हैं। Reflexive pronouns वाक्य में क्रियापद का कर्म है और कर्ता की जगह आनेवाले नाम या सर्वनाम के संदर्भ में इस्तेमाल होते हैं। उदा.—She hurt herself. कुछ जगह मात्र Reflexive pronouns का उपयोग कुछ अधिक जानकारी देने के लिए किया जाता है, तब उसे Emphatic pronouns कहा जाता है। उदा.—She will do it herself. I myself called him here. आदि।

(3) Demonstrative pronouns (दर्शक सर्वनाम)

संदर्भित वस्तुओं का निर्देश करनेवाले सर्वनाम को Demonstrative pronouns यानी दर्शक सर्वनाम कहते हैं। उदा.—This is my house. इस वाक्य में this ने my house निर्देशित किया है। these are green plants. इसमें these यह plants का निर्देश करते हैं।

this, these, that, those, such—ये महत्त्वपूर्ण दर्शक सर्वनाम हैं। उनके उपयोग के बारे में नीचे दिए गए निर्देश ध्यान में रखिए। (1) this और these, इन्हें नजदीकी व्यक्ति का या वस्तु का निर्देश करने के लिए इस्तेमाल करते हैं। (2) that और those दूर की वस्तुओं का निर्देश करने के लिए इस्तेमाल करते हैं। such—यह भी नजदीकी वस्तु का निर्देश करता है। (3) this और that—ये एकवचनी हैं, these और those—ये अनेकवचनी हैं।

वाक्य में परिस्थिति के अनुसार दर्शक सर्वनाम दर्शक विशेषण बनकर काम कर सकते हैं।

उदा.—This book is mine.

(2) that और those का उपयोग आगे आनेवाले नाम की पुनरावृत्ति डालने के लिए किया जा सकता है। उदा.—(i) The climate of Parbhani is like that of beed.

(ii) The buildings in Europe are better than those in Asia.

एक ही वाक्य में दो चीजों का पहले आकर गया हुआ उल्लेख फिर से करना हो, तब this सर्वनाम बाद में जिक्र किए गए नाम के बारे में और that पहले जिक्र किए गए नाम के बारे में आता है। उदा.—(I) Wine and tobacco both are injurious but this perhaps is less than that.

(4) Relative pronouns (संबंध दर्शक सर्वनाम)

किसी नाम का या सर्वनाम का जिक्र पहले आ चुका हो, उससे संबंध

दरशानेवाले और उसकी जगह आनेवाले सर्वनाम को Relative pronouns यानी संबंध दर्शक सर्वनाम कहा जाता है। उदा.—I saw Mohan. Mohan had come just now, इन दो वाक्यों का एक वाक्य करते समय I saw Mohan who had come just now. ऐसा होता है। इस वाक्य में 'who' Mohan के लिए आया है। Relative pronoun दो वाक्यों को जोड़ने का काम करता है, इसलिए इन्हें Conjunctive pronoun भी कह सकते हैं। who, which, that, whose, whom, where, when—ये Relative pronouns के उदाहरण हैं। वाक्य में Relative pronouns का काम करते समय उनके अर्थ निम्नलिखित हैं।

who जो, जी, जे, whose, जिसका, जिनका, what जो, where जहाँ, which जो, जी, जे, when जब, that जो, जी, जे, whom जिसे, जिन्हें।

Relative pronouns के उपयोग के संदर्भ में नीचे दी गई सूची को ध्यान में रखिए।

(1) who के whose और whom सह तीन स्वरूप हैं।

उदा.—This is the girl who plays cricket.
This is the girl whose name is known to me.
Nehru was the leader whom all praised.

ऊपर दिए गए वाक्यों में से सभी सर्वनाम एकवचनी और अनेकवचनी स्वरूप में एक जैसे हैं।

उदा.—Anil is the boy who plays cricket. (एकवचनी)

These are the boys who help me. (अनेकवचनी)

Mohan is the man whose name is known to me. (एकवचनी)

I know the girls whose names are included in the list. (अनेकवचनी)

He that is satisfied is rich. (एकवचनी)

They that touch pitch will be defiled. (अनेकवचनी)

what यह Relative pronoun मात्र एकवचनी है। इनमें से who यह सर्वनाम कर्ता की जगह पर (Nominative) आया तो who इस स्वरूप में और अगर कर्म के (Genitive accusative) जगह पर आया तो whose और whom—इस स्वरूप में आता है।

उदा.—This is the man who runs fast.
This is the girl whose name is famous.
These are the boys whom we know.

लेकिन which, that और what—ये Relative pronouns तीनों विभक्ति के रूपों में एक जैसे होते हैं। उदा.—

(1) This is the pen which belongs to me.
(2) This is the house which my uncle built.
(3) She that is late is a failure.
(4) Take anything that you like.
(5) What has happened is not clear.

Relative pronoun के उपयोग के बारे में नीचे दी गई सूची को ध्यान में रखना आवश्यक है।

(1) सामान्यत: who यह व्यक्ति के लिए ही इस्तेमाल होता है। who यह एकवचनी या अनेकवचनी नाम की जगह पर आ सकता है। उदा.—

(1) Mohan who is very clever cannot feel.
(2) Boys who take interest in Arts are very important.
(3) He who hesitates is lost.
(4) They are the victims who surrender.

मानवीकरण Personification करते समय who प्राणियों के लिए भी उपयोग कर सकते हैं। उदा.—She is the count who gives me blessings.

whose यह who का ही एक रूप है और वही व्यक्ति के लिए इस्तेमाल करते हैं। कभी-कभार निर्जीव वस्तु के लिए whose का प्रयोग करते हैं।

उदा.—Mohan is the man whose name is known to all.

The sun who's rays give us light is a star.

which निर्जीव वस्तु और प्राणियों के लिए उपयोग में लाया जाता है। यह एकवचनी और अनेकवचनी इन दोनों ही रूपों में एक जैसा होता है।

The house which was built by my father is yet standing as it is.

The books which you gave me are good to read.

कभी-कभार पहले आकर गए हुए पूर्ण वाक्य या वाक्यांश which से दरशाए जा सकते हैं।

उदा.—She declared that she saw me here which is not true.

That Superlative degree में विशेषण के बाद आ सकता है। The wisest boy that ever lived also made a mistake.

All, some, any, none, nothing, the only इन शब्दों के बाद सामान्यत: that आता है।

उदा.—(i) All that glitters is not gold.

(ii) That is the only donkey he had. The man is the only animal that can talk.

प्रश्नार्थक सर्वनाम के आगे that आ सकता है।

उदा.—(i) Who saw her did not pity her.

(ii) What is it that troubles you most? एक मानवी एक अमानवी या निर्जीव नाम आया और उन दोनों का एक साथ निर्देश करना हो, तब that का इस्तेमाल करते हैं। उदा.—

The boy and the horse that worked hard returned earlier.

What सिर्फ वस्तुओं के लिए ही आता है।

What I have written, I have written. इसमें what एकवचनी है; as यह शब्द भी खास परिस्थिति में relative pronoun का काम करता है।

उदा.—She is such a woman as should be honoured.

Compound relative pronouns : Ever, so, so ever इनमें से एक प्रत्यय who, what या which इस सर्वनाम के साथ लगाएँ, तब Relative pronoun बनता है और उसे Compound Relative pronoun कहते हैं। उदा.—Whatever (जो कुछ), whatsoever (कुछ भी), whichever (इनमें से जो भी), whoever (कोई भी), whose (किसका), whosever (जिस किसी का) आदि। उदा.—

Whoever comes first is welcome.
Whatever he says is true.
You can take whichever you like.

सामान्यत: नीचे दी गई सूची को ध्यान में रखिए—

(i) पहले आकर गए हुए, यानी संबंधित नाम के वचन जैसे ही और पुरुष जैसे Relative pronoun संबंध दर्शक सर्वनाम का उपयोग करें। The girl who was late was punished. The flower which grow here are good.

Relative pronoun का case उसका वह वाक्य के क्रियापद से जो संबंध है, उस पर निर्भर है, यानी क्रियापद के स्वरूप पर तय होता है।

उदा.—Anil is the man who helps me.
Anil is the man whom I want.

(5) Interrogative pronouns (प्रश्नार्थक या प्रश्नसूचक सर्वनाम)

प्रश्नसूचक सर्वनाम को Interrogative pronouns प्रश्नार्थक सर्वनाम कहा जाता है। उदा.—who, which, what, whose, how इत्यादि प्रश्न पूछने के लिए इन सर्वनामों का उपयोग करते हैं। प्रश्नार्थक सर्वनाम और संबंध-दर्शक सर्वनाम स्वरूप में भले ही एक जैसे हों, मगर फिर भी वे वाक्य में क्या कार्य करते हैं, उस पर वे Interrogative pronoun हैं या Relative pronoun हैं, यह तय होता है। उदा.—who helps you in your work? Interrogative. इस जगह पर who, यानी कौन ? Rahim is the man who helps me. इसमें who, यानी जो Relative pronoun है। इन दो प्रकार के सर्वनामों का स्वरूप एक जैसा है, मगर फिर भी उनके अर्थ से उनके प्रकार को जाना जा सकता है।

Pronoun	**Interrogative अर्थ**	**Relative अर्थ**
who	कौन	वो, वह, वे
what	क्या	वे
which	कौन सा	वो, वह, वे
where	कहाँ	जहाँ
when	कब	जब
why	क्यों	जिस वजह से
whose	किसने	जिसका, जिसकी, जिसके
whom	किसको	जिसे, जिन्हें

वाक्य के उदाहरण से कल्पना अधिक स्पष्ट होगी।

(i) Where does she live? (Interrogative)

(ii) This is the place where he lives? (Relative)

(iii) Who are you? (Interrogative)

(iv) She is the woman who helps me? (Relative)

प्रश्नसूचक सर्वनाम के बारे में निम्नलिखित बातों को ध्यान में रखिए। कुछ वाक्यों में प्रत्यक्ष प्रश्न Direct question किए होते हैं। उदा.—who are you, whom do you like most, which is your house? what do you read? इत्यादि कुछ वाक्यों में अप्रत्यक्ष प्रश्न Indirect question पूछने के लिए उनका उपयोग होता है।

उदा.—I asked him who is he? I don't know who helps you? who ऐसे होता है। Who needs you? Genitive case में whose ऐसे होता है। उदा.—Whose is this book? और accusative में whom ऐसे होता है। Whom did you see? who यह सिर्फ व्यक्ति

के लिए और which यह व्यक्ति व वस्तु दोनों के लिए और what—यह केवल वस्तु या संकल्पना के लिए इस्तेमाल करते हैं।

(6) Indefinite pronouns (अनिश्चित सर्वनाम)

जो सर्वनाम किसी विशिष्ट व्यक्ति या वस्तु का निर्देश न करते हुए सर्वसामान्य रूप से इस्तेमाल होते हैं, उन्हें Indefinite pronouns यानी अनिश्चित सर्वनाम कहा जाता है। उदा.—One, none, some, they, many, other, everybody, somebody इत्यादि। ऐसे सभी सर्वनामों का अर्थ और उपयोग नीचे दिए गए हैं, उसे ध्यान में रखिए। one = कोई भी एक one must not boost, कोई भी indefinite यानी अनिश्चित सर्वनाम को no body, thing, where इत्यादि में से यदि कोई प्रत्यय लगाया, तब compound indefinite pronoun संयुक्त अनिश्चित सर्वनाम बनते हैं। उदा.—somebody, anybody, anyhow, everything, everybody, none, nothing वगैरह।

नीचे दिए गए सभी Indefinite pronouns अनिश्चित सर्वनाम के अर्थ और प्रयोग ध्यान में रखिए।

One = कोई एक, one hardly knows the fact.

No one = कोई नहीं, No one was present there.

Anyone = कोई भी एक, anyone of you can do this.

Everyone = हर एक, everyone of you should be present there.

Someone = कोई तो, someone will help you.

None = कोई नहीं, none of them has believed it.

Each one = हर एक, each one of them is a fool.

Excercise 2—Q.1 Fill in the blanks in the following selecting proper relative pronoun from who, which, whose, what, where, why.

ऊपर दिए गए योग्य संबंध-दर्शक का उपयोग करके निम्नलिखित

वाक्य में खाली जगह को भरिए।

(1) Rahul is the man..........is required on the police station in this case.

(2) This is the reason.........I do not like such selfish people.

(3) He is living in the house.........was built by my father.

(4) ....of the two houses do you like?

(5) I don't understand.........you want to say.

(6) Actually this is the place........my fourfather live once.

(7) Nehru was such a great leader of India.........name was known to most of the people in Europe.

Relative pronouns का उपयोग synthesis में, यानी वाक्यों को संयोग करने के लिए भी होता है। उस पर निम्नलिखित प्रश्न पूछे जाते हैं।

Each = हर एक Each must do his or her best.

Each का उपयोग तीन प्रकार से होता है। उदा.—

(1) Each of the boys received a reward.
(2) These men received each a reward.
(3) These animals cost five thousand rupees each.

each other (एक-दूसरे से) one another एक-दूसरों को इनमें का अंतर ध्यान में रखिए।

the friends quarrelled with each other. They all gave evidence against one another.

Few = कुछ, Few escaped unhurt.

Both = दोनों, Both men where found guilty.

Either = में से एक, There is no lamp at either end.

(4) Either of you can go.

Either पर्याय भी दरशाता है।

उदा.—He is either a teacher or a professor.

(5) नकारार्थी विधान को पुष्टि जोड़ते समय भी either का इस्तेमाल करते हैं।

उदा.—If you do not go, I shall not either. neither (वे भी नहीं) neither पर्याय नकारने के लिए इस्तेमाल करते हैं। neither (you nor) I can go there. If you don't take me there, shall I? either का any से और neither का none से संबंध होता है।

□

5

More About Adjective
विशेषण के बारे में थोड़ा अधिक

नाम या सर्वनाम के बारे में जानकारी देनेवाले शब्द को या किसी नाम में समाविष्ट संख्या दरशानेवाले शब्द को Adjective विशेषण कहा जाता है, यह आपने सीखा है। अब हम विशेषण के प्रकार और उनके वैशिष्ट्य के बारे में सीखेंगे।

Kinds of Adjectives
(विशेषण के प्रकार)

(1) Adjective of Quality or Qualitative Adjective (गुणदर्शक या गुणवाचक विशेषण)

नाम या सर्वनाम के गुणात्मक वर्णन करनेवाले शब्द को गुणात्मक विशेषण Qualitative Adjective कहते हैं। नाम को of what kind? किस प्रकार के, ऐसा प्रश्न पूछा जाए, तब जो जवाब मिलता है, वह Qualitative Adjective है। उदा.—Rama is a clever boy. A boy of what kind? यह प्रश्न पूछा जाए, तब clever, यह जवाब मिलता है।

(i) Mumbai is a large city.

(ii) He is a kind person.

कुछ उदा.—tall, short, clever, fat, week, strong, extra.

(2) Adjective of Quantity or Quantitative Adjective (परिमाणवाचक विशेषण)

नाम या सर्वनाम के परिमाण से संबंधित जानकारी देनेवाले विशेषण को quantitative adjective यानी quantity बतानेवाले विशेषण को परिमाणवाचक विशेषण कहा जाता है। नाम या सर्वनाम को how much कितना? यह प्रश्न पूछने पर जो जवाब मिलता है, वही quantitative adjective है। It shows how much of a thing is meant. उदा.— He ate some rice, Anil is having little intelligence. कुछ उदाहरण—some, any, no, few, a few, many, much इत्यादि।

(3) Adjective of Number or Numeral adjective (संख्यावाचक विशेषण)

नाम या सर्वनाम की संख्यात्मक जानकारी बतानेवाले विशेषण को Numeral adjective संख्यावाचक विशेषण कहते हैं। उदा.—नाम या सर्वनाम को How many, इस प्रश्न के पूछे जाने पर जो जवाब मिलता है, वह संख्यावाचक विशेषण है। उदा.—Ten, One thousand, etc. इस अर्थ से Quantitative adjective भी Numeral adjective ही है। उदा.—

(1) I am having **two** hands.

(2) I have taught you **many** things.

Etc., ten, five ऐसे निश्चित संख्या को दरशानेवाले (1) संख्यात्मक विशेषण को Definite numeral adjective संख्यात्मक (निश्चित) विशेषण और some, few ऐसे अनिश्चिततादर्शक शब्दों को, (2) Indefinite numeral adjective अनिश्चित संख्यात्मक विशेषण कहा जाता है। उदा.—some, any, much, few, a few, enough, a little इत्यादि।

(4) Demonstrative adjective (दर्शक विशेषण या निर्देशवाचक विशेषण)

यह कौन सा व्यक्ति या वस्तु है, यह प्रत्यक्ष दरशाता है। a, an, the, this, that, these, those इत्यादि उनके उदाहरण हैं। such, these

This boy is my friend.
That man is very fat.
Those mangoes are very sweet.

(5) Distributive adjective (वितरणात्मक विशेषण)

ये प्रत्येक संख्या का जिक्र करते हैं, Each, every, either, neither इस प्रकार के उदाहरण हैं।

(6) Interrogative adjectives (प्रश्नार्थक विशेषण)

प्रश्न पूछने के इरादे से नाम या सर्वनाम के साथ जो विशेषण आता है, उन्हें प्रश्नार्थक विशेषण कहते हैं। उदा.—which, what, whose, why, where इत्यादि।

Whose house is this?
Which book is a good one?

Possessive adjective (विभक्तिदर्शक विशेषण) विभक्ति दरशानेवाले विशेषण को Possessive adjective कहते हैं। उदा.—my, your, his, her, its, your, their.

उदा.—It is your book. This is my house, etc.

Emphasing adjective (महत्त्व दरशानेवाला विशेषण)

किसी नाम या सर्वनाम का अधिक महत्त्व दरशानेवाले शब्द को Emphasing adjective कहते हैं। उदा.—

Own, very इत्यादि।
Kanta saw it with her own eyes.
Man is his own master.

Mind your own business.
This is the very thing that we want.

Mind your own business.
This is the very thing that we want.

Formation of Adjective विशेषण बनाने के तरीके

नाम को ish, ful, y, some, less, en, able, ous, ly या ed इनमें से योग्य प्रत्यय लगाकर उसका रूपांतर (adjective) विशेषण में कर सकते हैं।

Noun	(नाम)	प्रत्यय	Adjective	विशेषण
dirt	गंदगी	y	dirty	गंदा
king	राजा	ly	kingly	शाही अंदाज में
gift	प्रतिभा	ed	gifted	प्रतिभाशाली
glory	वैभव	ous	glorious	वैभवशाली
laugh	हँसना	able	laughable	हँसने लायक
gold	सोना	en	golden	सुनहरा
rest	आराम	less	restless	आराम किए बिना
trouble	परेशानी	some	troublesome	परेशानी लायक
venture	साहस	some	venturesome	साहस करने जैसा
hope	आशा	ful	hopeful	आशादायक
child	बच्चा	ish	childish	बच्चे जैसा

कुछ क्रियापदों के उपयोग से भी विशिष्ट प्रत्यय लगाकर adjective (विशेषण) बन सकते हैं।

उदा.—less इस प्रत्यय को लगाकर।

tire	थकना	less	tireless	बिना थके
talk	बोलना	ative	talkative	बातूनी

walk	चलना	able	walkable	चलने लायक
whole	संपूर्ण	some	wholesome	संपूर्णतः
two	दो	fold	twofold	दुहेरी
back	पीछे	ward	backward	पिछड़े हुए
black	काला	ish	blackish	काला-सा
white	सफेद	ish	whitish	सफेद-सा

कुछ विशेषण के इस्तेमाल से दूसरे विशेषण भी बनाए जा सकते हैं।

उदा.—tragic दुःखात्मक tragical दुःख-युक्त।

Exercise 3

Q.1 Make adjectives from the following :

1. passion, 2. glory, 3. stability, 4. attention, 5. difference, 6. product, 7. penetration, 8. influence, 9. attraction, 10. advantage.

Q. 2 Make adjectives from the following

1. construct, 2. closely, 3. prefer, 4. advice, 5. inform, 6. discover.

Comparison of Adjectives

विशेषण की तुलना का विचार अलग से Degree of Comparison प्रकरण में किया है।

किसी वाक्य में विशेषण कहा है और उसकी जगह बदलने के बाद अब संक्षिप्त में विचार करें।

जो विशेषण सामान्यतः नाम के बारे में जानकारी बताते हैं, वे उन संबंधित नाम के पहले आते हैं।

उदा.—1. Lord Rama was a great king.

2. Anil is a clever boy.

वाक्य में उसकी जगह बदलने से वाक्य का अर्थ बदल सकता है।

उदा.—1. A great King's daughter invited me.

2. A King's great daughter invited me.

कविता में कुछ खास जगह पर विशेषण नाम के बाद आते हैं।

उदा.— O man with sisters dear.

जब विशेषण किसी phrase में आता है या उसके साथ कुछ शब्द और आते हैं, तब वे नाम के बाद आते हैं।

उदा.—1. A woman prettier in appearance welcomed him.

एक ही नाम के संबंध में अनेक विशेषण लिखने हों, तब वे नाम के बाद आते हैं।

उदा.—1. There was a flower, beautiful and fresh.

कुछ नामों के विशेषण उनके बाद ही आते हैं।

उदा.—1. God Almighty, the judge, His highness, the lord, so kind इत्यादि।

□

6

Use of Some Adjectives
कुछ विशेषणों का इस्तेमाल

अब हम कुछ विशिष्ट विशेषणों के उपयोग और उनके उपयोग की संभाव्य गलतियों का विचार करेंगे। indefinite अनिश्चित विशेषण और distributive एवं number adjectives संख्यात्मक विशेषण के उपयोग के संदर्भ में बहुत गलतियाँ होने की संभाव्यता होती है। इसलिए उनके उपयोग का अभ्यास करना जरूरी है।

1. little, a little और the little

little = बिल्कुल नगण्य, यानी बिल्कुल न के बराबर। इसलिए वे नकारात्मक हैं। उदा.—there is little hope of our success यानी बिल्कुल ही आशा नहीं। A little यानी थोड़ा सा A little precaution could have saved him a little knowledge is not desirable. The little यानी ज्यादा नहीं, लेकिन जितना है, उतना पूरा The little information available about the problem is not enough. The little skill that Mohan had helped him a lot.

2. Few, a few, the few—ये सारे विशेषण संख्यावाचक हैं। उनके अर्थ निम्नलिखित हैं।

few = not many almost done न के बराबर। a few थोड़ा सा और the few = थोड़ा सा फार भी सब all of them. few उदा.—few men are free from faults. few women can keep a secret. a few: I spoke a few words at the occasion. A few boys can write correct English. The few: the few dresses I had were all old. The few teachers the School has are sincere.

3. some, any इनमें से some यानी कुछ सामान्यत: स्वीकारात्मक वाक्य में ही इस्तेमाल होता है। any यानी कोई भी यह सामान्यत: नकारात्मक वाक्य में इस्तेमाल होता है। संख्यात्मक निर्देश करने के लिए या किसी का प्रमाण दरशाने के लिए इनका उपयोग होता है।

some : I shall give you some books.
Give me something to eat.
Don't you have some work to do?

any : I haven't brought anything.
I don't like any films.
Have you got any mangoes?

4. सामान्यत: each का उपयोग दो या ज्यादा चीजों का उल्लेख करने के लिए किया जाता है। every का उपयोग दो या उससे अधिक चीजों का वैयक्तिक उल्लेख करने के लिए किया जाता है। each मर्यादित संख्या के समुदाय के घटक के लिए और every अमर्यादित संख्या के समुदाय के घटक के लिए इस्तेमाल किया जाता है। देखिए—

each : Both of them greeted each other. Each of the two spoke to me.

every : Every bench in the school is broken. He visited my house everyday. Everybody of them was happy. Every student should study hard.

5. **less, lesser :** less यानी कम, lesser यानी उससे भी कम। less विशेषण और क्रिया विशेषण भी है और lesser सिर्फ क्रिया विशेषण है।

Ayurvedic medicines are less harmful than allopathic. Arun's income is less than Sunil's. Select the lesser evil of the two. This quantity is lesser than that.

6. **much/many :** much यानी ज्यादा, मगर संख्या में गिनती न होनेवाले वस्तुओं के बारे में और many यानी बहुत या ज्यादा, मगर संख्या में गिनती होनेवाली वस्तुओं के बारे में। उदा.—

1. Much of the oil was spoiled.
2. There was much sugar in the box.
3. Many of the students are very poor.

7. **either, neither :** either यानी दोनों में से एक या दोनों और neither यानी उनका अस्वीकार करना। neither यानी दोनों में से कोई भी नहीं। उदा.—Either of these two will get a reward.

Neither of the two will get a reward.

Neither plan is practicable. The houses have been built on either side of the river.

8. later, latter, latest और last इनमें से later और latest कालावधि दरशाता है। latter और last स्थिति दरशाता है। later यानी कुछ समय बाद। latter यानी बाद के क्रम में दूसरा, latest अभी का, आज का और last यानी आखिर की position में। उदा.—

He came later than the chairman expected. I heard the latest news in this regard. Arun and Sunil played with each other, the latter won the match. The Bajirao II was the last Peshwa, Anil's house is the last one in the village.

9. **elder, eldest, older, oldest :** elder and eldest एक ही परिवार के घटकों के लिए इस्तेमाल किया जाता है।

elder यानी बड़ा, उदा—Anil is elder of my two sons. अनिल मेरे दोनों लड़कों में बड़ा है और eldest यानी सबसे पहले जिसका जन्म हुआ।

उदा.—Dara was the eldest of Shahjahan's sons older. यानी उम्र ज्यादा से ज्यादा पुराना। उदा.—

1. Anil is older than Sunil.
2. This building is the oldest in the city.

3. Philips is the oldest radio company.
4. Suryavanshi is the oldest member of the club.

10. **Nearest and Next :** Nearest यानी अंतर में सबसे नजदीक और Next यानी क्रम में बाद का।

Nearest अंतर दरशाता है। Next जगह position दरशाता है।

उदा.—

1. The nearest bus stop for us is Kranti Chowk.
2. His house is next to mine.

11. **Further and Farther :** Further यानी fore का, comparative उसके बाद का और farther यानी far का comparative और उसका अर्थ होता है—दूर के अंतर पर।

उदा.—He went to Pune for further studies.

आगे की पढ़ाई करने के लिए वह पुणे गया।

Mumbai is farther from Delhi than Ahmedabad.

□

7

Comparison of Adjectives
विशेषणों की तुलना

Degree of Comparison (तर-तम्-भाव)

Rahul is a tall boy. इस विधान में tall विशेषण है और उसमें राहुल एक लंबा लड़का है। ऐसा केवल positive यानी—किसी से तुलना न करते हुए विधान किया है। उसमें से tall यह विशेषण positive degree में है, ऐसा कहते हैं। P.D. में पॉजिटिव विशेषण का रूप होता है। Mohan is as tall as his brother is. यह वाक्य भी P.D. में पॉजिटिव डिग्री में ही आता है।

Comparative Degree (C.D.)

Mohan is taller than Sohan. इस वाक्य में मोहन की लंबाई की तुलना Sohan की लंबाई से की गई है। इसमें मोहन सोहन से ज्यादा लंबा है, ऐसा कहा गया है। इस प्रकार की तुलना किए जाने पर वाक्य Comparative Degree C.D. में है, यानी विशेषण तुलनात्मक स्वरूप में है, ऐसा कहा जाता है और उसमें taller comparative विशेषण है। C.D. के वाक्य में विशेषण को er यह प्रत्यय होता है और उसके बाद then यह शब्द आता है या विशेषण पूर्वी more होता है और विशेषण के बाद than यह शब्द आता है। उदा.—Anil is more intelligent than Sunil.

Superlative Degree (S.D.)

Kavita is the tallest of all girls in our class. इस वाक्य में Kavita सबसे लंबी है। Superlative Degree S.D. के वाक्य में अतुलनीय अवस्था को दरशाते हैं। उसमें विशेषण पूर्व सामान्यत: the यह उपपद होता है और विशेषण को est, यह प्रत्यय होता है या विशेषण पूर्व most होता है।

उदा.—Anil is the cleverest boy in our class.

Sunita is the most intelligent girl in our class.

सामान्यत: जब तुलना की निश्चित कल्पना न हो, मगर केवल कोई एक गुण पराकोटि की अवस्था तक है, ऐसा दिखाना हो, तभी उस विशेषण के पूर्व most प्रत्यय आता है। ऐसे ही degree of comparison की जानकारी लेने के बाद विशेषण के तीन रूपों का अब हम विचार करने वाले हैं।

सामान्यत: एक या दो Syllable (अवयव) वाले विशेषण के comparative करते समय उसे er यह प्रत्यय लगाएँ और superlative करते हुए est यह प्रत्यय लगाएँ।

Positive	**Comparative**	**Superlative**
tall	taller	tallest
short	shorter	shortest
sweet	sweeter	sweetest
small	smaller	smallest

विशेषण के आखिर में हो, तब comparative degree में सिर्फ r और superlative degree में st प्रत्यय लगाया जाता है।

Positive	**Comparative**	**Superlative**
large	larger	largest
wise	wiser	wisest
noble	nobler	noblest

P.D. में विशेषण के आखिर में y हो और y के पहले व्यंजन हो, तब y का रूपांतर i में करें, उसके बाद er लगाएँ और S.D. में est लगाएँ।

Positive	**Comparative**	**Superlative**
happy	happier	happiest
easy	easier	easiest
heavy	heavier	heaviest

जब P.D. के विशेषण का एक ही syllable (अवयव) होता है और उसका अंत एक व्यंजन से हो और उस व्यंजन के पूर्व लघु स्वर हो, तब उस विशेषण का comparative और superlative करते समय आखिर का व्यंजन दो बार लिया जाता है और बाद में उसे er एवं est प्रत्यय लगाना पड़ता है।

Positive	**Comparative**	**Superlative**
big	bigger	biggest
hot	hotter	hottest
red	reder	reddest

जिस विशेषण में दो या दो से अधिक syllable अवयव हैं, तब उस विशेषण को er या est यह प्रत्यय नहीं लगता। comparative में विशेषण पूर्व more और superlative में most, यह क्रिया विशेषण के लिए होती हैं।

Positive	**Comparative**	**Superlative**
interesting	more interesting	most interesting
splendid	more splendid	most splendid
beautiful	more beautiful	most beautiful
difficult	more difficult	most difficult

□

8

Interchange of the Degree of Comparison

डिग्री रूपांतरण

दिया हुआ वाक्य किस degree में है, यह पहचानना आना आवश्यक है, क्योंकि दिए हुए वाक्य के बाद (Change the Degree) Change into Comparative, Change into Positive Degree ऐसी सूचनाएँ दी हुई होती हैं; मगर दिया हुआ वाक्य किस degree में है, यह दिया नहीं होता। इसीलिए Degree पहचानने के लिए नीचे दिए गए कोष्ठक को ध्यान में रखिए।

Degree

Positive	Comparative	Superlative
संक्षिप्त में P.D.	C.D.	S.D.
विशेषण का मूल रूप	विशेषण को er यह प्रत्यय	The + विशेषण +
est सामान्यत: as और as	और बाद में than या विशेषण	या the
+ most + विशेषण	के बीच में	पूर्व more और बाद में than

Rahul is as tall as Mohan.	Kavita is taller than Savita. Suman is a more intelligent boy than Vimal.	She is the tallest girl. He is the most intelligent person.

□

9

Interchange of Comparison on S.D. to C.D.

सुपरलेटिव डिग्री का कंपेरेटिव डिग्री में रूपांतरण

1. Suman is the happiest girl in our class. यह S.D. का वाक्य।
2. The happiest girl in our class is Suman. इस तरीके से भी लिखते हैं। नंबर 2. के हिसाब से अगर यह वाक्य लिखा हो तो वह नंबर 1. के जैसा है, ऐसा समझिए और उसका रूपांतर C.D. में करते समय नीचे दिए गए बदलाव कीजिए।

(1) शुरुआत का नाम या सर्वनाम और उसके बाद का क्रियापद जैसा है, वैसे ही लिखिए।

(2) विशेषण के पूर्व का the यह उपपद और विशेषण का est प्रत्यय निकाल दीजिए और est की जगह er लीजिए। इसके अलावा, अगर विशेषण पूर्व most हो तो वह निकाल दीजिए और उसकी जगह more लीजिए।

(3) इसके बाद than any other शब्दों को लीजिए।

(4) दिए हुए वाक्य में विशेषण के बाद यानी est के बाद जो शब्द होते हैं, वे जैसे हैं, वैसे ही लीजिए। उदा.—S.D. : Suman is

the happiest girl in our class.

C.D. : Suman is happier than any other girl in our class.

Exercise no. 4A—

Change the following sentences into C.D.

इसी तरीके से नीचे दिए वाक्य C.D. में रूपांतरित कीजिए।

1. Kavita is the cleverest girl in our village.
2. Sabir was the richest man in Parbhani.
3. Gandhi was the greatest leader of the Indian National Congress.
4. Sujit is the best of all players in our team.
5. The greatest of all his services was his contribution to the field of education.

Note : S.D. के वाक्य में विशेषण पूर्व one of the यह शब्द हो तो than any other का उपयोग न करते हुए than many other या than most other लीजिए, किंतु बाकी रूपांतरण मात्र पहले जैसे ही कीजिए।

उदा.—S.D. : Sukhram is one of the tallest boys in our school.

C.D. : Sukhram is taller than many other boys in our school.

Exercise 4B—

Change the following sentences in C.D.

नीचे दिए वाक्यों का रूपांतरण C.D. में कीजिए।

1. You are one of the luckiest boys.
2. She was one of the weakest girls in our class.
3. Taher is one of the strongest boys in our town.
4. You will be one of the luckiest women in the world.
5. Rose is one of the most beautiful flowers.

वाक्य अगर S.D. में यानी Superlative Degree में S.D. to P.D. दिया हो और उसके आखिर में (Change the Degree) ऐसी सूचना दी हो, तब वह वाक्य comparative और positive P.D. दोनों degree में बदलना पड़ता है, इसलिए अब पहले S.D. to P.D. यह रूपांतरण हम देखेंगे।

S.D.—Suman is the happiest girl in our class.

P.D.—No other girl in our class is as happy as Suman (is).

S.D. के वाक्य का रूपांतर P.D. में करते समय नीचे दिए गए बदलाव कीजिए।

1. शुरुआत में No other का इस्तेमाल कीजिए।
2. ए हुए वाक्य में विशेषण के बाद जो शब्द है, वह वैसे ही No other के बाद लीजिए।
3. इसके बाद उसी काल का एकवचनी क्रियापद लीजिए।
4. विशेषण के पहले का the और विशेषण का est या उसके पहले का most प्रत्यय निकाल दीजिए और विशेषण का मूल रूप as व as के बीच में लीजिए।
5. दिए हुए वाक्य में शुरुआत का कर्ता और क्रियापद आखिर में लीजिए।

Exercise 5A—

Change the following sentences into P.D.

नीचे दिए गए वाक्य का रूपांतरण P.D. में कीजिए।

1. Sujata is the tallest girl in our class.
2. Gandhi was the greatest man in India in his times.
3. Sushila will be the best player in our team.
4. You are the luckiest man in our town.
5. Kavita will be the fattest girl in our village.

इसी प्रकार के S.D. के वाक्य में अगर one of the यह शब्द हो, तब

उस वाक्य का P.D. में रूपांतर करते समय नीचे दिए गए बदलाव कीजिए।

S.D. : Rahul is one of the tallest boys in our class.

P.D. : Very few boys in our class are as tall as Rahul is.

1. शुरुआत में very few से शब्द लीजिए।
2. दिए हुए वाक्य विशेषण के बाद यानी est के बाद जो शब्द आते हैं, वे very few के बाद जैसे हैं, वैसे ही लीजिए।
   (सामान्यत: P.D. में रूपांतर होते समय वाक्य अगर नकारार्थी बनता हो तो so as का इस्तेमाल कीजिए और स्वीकारात्मक बनता हो तो as...as लीजिए)।
3. इसके बाद उस वाक्य के काल का, मगर अनेकवचनी क्रियापद लीजिए।
4. विशेषण के पूर्व one of the शब्द और विशेषण के est या most प्रत्यय निकालकर विशेषण के मूल रूप as और as के साथ लीजिए या so...as के साथ लीजिए।
5. शुरुआत के कर्ता और क्रियापद वाक्य के आखिर में लीजिए।

Exercise 5B—

Change the following sentences into Positive Degree P.D.

1. Raveena is one of the prettiest girls in our class.
2. You are one of the luckiest devils in our village.
3. She will be one of the greatest women in India.
4. Suresh was one of the richest persons in our village.
5. It is one of the most important points.

Comparative to Positive
C.D. to P.D.

अनेक से तुलना करनेवाले वाक्य Degree में दिए हों, तब उनके Positive Degree में रूपांतर करते समय नीचे दिए गए बदलाव कीजिए।

C.D. : Rahul is taller than any other boy in our class.
P.D. : No other boy in our class is as tall as Rahul is.

1. दिए हुए वाक्य में any की जगह no लेकर उसके बाद का वाक्यांश शुरुआत में लीजिए।
2. उसके बाद क्रियापद लीजिए।
3. विशेषण के er या पूर्व के more और बाद के than निकालकर विशेषण के मूल रूप as और as के बीच में लीजिए।
4. शुरुआत के कर्ता और क्रियापद वाक्य के आखिर में लीजिए। इस प्रकार से नीचे दिए गए वाक्य का रूपांतर P.D. में कीजिए।

Exercise 5C—

Change the following into Positive Degree P.D.

1. This film is worse than any other film.
2. Jim will be more intelligent than any other boy in the school.
3. She was prettier than any other woman in the office.

Comparative to Superlative
C.D. to S.D.

अगर C.D. के वाक्य में than any other यह शब्द हो और उसका रूपांतर S.D. में करते समय नीचे दिए गए बदलाव कीजिए।

Sachin is shorter than any other boy in our class.
Sachin is the shortest boy in our class.

1. शुरुआत के कर्ता और क्रियापद जैसे हैं, वैसे ही लीजिए।
2. विशेषण का er यह प्रत्यय या विशेषण पूर्व का more शब्द निकाल दीजिए और विशेषण के पहले the लेकर er निकालें और est लें तथा more निकालें और most लीजिए।
3. दिए हुए वाक्य में than any other यह शब्द निकालकर उसके बाद के शब्द जैसे हैं, वैसे ही लिखिए। उदा.—You are poor than any other person in our town.

You are the poorest person in our town.

Exercise 5D—

Change the following into Superlative Degree

1. You are luckier than any other person here.
2. She is more foolish than any other girl here.
3. Kavita will be fatter than anybody else.

Positive to Comparative P.D. to C.D.

P.D. में वाक्य की शुरुआत में no other यह शब्द हो, तब उसका रूपांतर C.D. में करते समय नीचे दिए गए बदलाव कीजिए।

No other man in our town is as rich as Ramakishan (is).

Ramakishan is richer than any other man in our town.

1. दिए हुए वाक्य में as के बाद जो नाम या सर्वनाम और क्रियापद हो, वह शुरुआत में लीजिए।
2. as और as निकालकर उनके विशेषण को er प्रत्यय लगाएँ या उसके पहले more लीजिए।
3. उसके बाद than any other यह शब्द का इस्तेमाल कीजिए।
4. दिए हुए वाक्य में शुरुआत का No other निकालिए और उसके बाद के शब्द जैसे हैं, वैसे ही वाक्य के आखिर में लीजिए।

Exercise 5E—

Change the following into Comparative

इसी प्रकार नीचे दिए वाक्य का C.D. में रूपांतर कीजिए।

1. No other woman is as poor as Savita is.
2. No other man is as rich as I am.
3. No other fruit is as sweet as Banana is.

इस प्रकार के P.D. के वाक्य का रूपांतर superlative degree में करते समय नीचे दिए गए बदलाव कीजिए।

P.D. to S.D.

No other boy here is as fat as Maruti is.
Maruti is the fattest boy here.

1. दिए हुए वाक्य में आखिर में आनेवाले नाम या सर्वनाम और उनके साथ के क्रियापद शुरुआत में लीजिए।
2. दिए हुए वाक्य में as और as या so और as के बीच में जो विशेषण होते हैं, उन्हें est यह प्रत्यय लगाकर the के साथ वह विशेषण लीजिए, जो बहु अवयवी Poly syllable उसे est अगर नहीं लगे, तब उसके पहले most का उपयोग कीजिए।
3. दिए हुए वाक्य में No other के बाद जो नाम या सर्वनाम हो, वह आखिर में लीजिए।

Exercise No. 5F—

Change the following into S.D.

नीचे दिए गए वाक्य S.D. में परिवर्तित कीजिए।

1. No other flower is as beautiful as the Rose is.
2. No other tree is as tall as the Banyan tree is.
3. No other fruit is as sweet as the Banana is.

C.D. to P.D.

दिए हुए वाक्य में केवल दो व्यक्ति, दो वस्तु या दो स्थानों में तुलना हो और वह वाक्य Comparative Degree (C.D.) में हो, तब उसका रूपांतर सिर्फ P.D. में कीजिए। इस प्रकार के वाक्य P.D. में हों, तब उनका रूपांतर सिर्फ C.D. में ही संभव है, S.D. में नहीं। इस प्रकार के C.D. के वाक्य का रूपांतर P.D. में करते समय नीचे दिए गए बदलाव कीजिए।

Sujatha is fatter than Sunil.
Sunil is not so fat as Sujata (is).

1. दिए हुए वाक्य में than के बाद के जो नाम या सर्वनाम हो, वह शुरुआत में लीजिए।
2. दिए हुए वाक्य में स्वीकारात्मक क्रियापद नकारात्मक कीजिए और नकारात्मक हो, तब उसे स्वीकारात्मक में परिवर्तित कीजिए।
3. विशेषण का er यह प्रत्यय या उसके पूर्व का more प्रत्यय और उनके बाद का than यह शब्द निकालकर उस विशेषण का मूल रूप as और as के बीच में लीजिए या so...as के बीच में लीजिए।

दिए हुए वाक्य की शुरुआत में आनेवाले नाम या सर्वनाम और उसके साथ का क्रियापद जैसा है, वैसे ही आखिर में लीजिए।

उदा.—Surekha runs faster than Sohan (does).
Sohan does not run as fast as Surekha (does).

वाक्य में क्रियापद सामान्य वर्तमान काल में simple present या भूतकाल में हो, तब वे मुख्य क्रियापद के स्वरूप में ही होते हैं। ऐसे समय उनको Negative में परिवर्तित करते समय वर्तमान काल में do not या does not के साथ उस क्रियापद का मूल रूप लीजिए और सामान्य भूतकाल हो, तब did not के साथ उस क्रियापद का मूल रूप लीजिए।

उदा.—She walks faster than her brother.
Her brother does not walk as fast as she (does).
He spoke more boldly than his sister.

His sister did not speak as much boldly as he did.
Her sister spoke more clearly than she did.
threw—did not throw.
gave— did not give इत्यादि ध्यान में रखिए।

Exercise 5G—

Change the following sentences into Positive Degree

नीचे दिए गए वाक्यों का रूपांतर P.D. (Positive Degree) में कीजिए।

1. He loves her more than you do.
2. Exercise is more necessary than rest.
3. It is easier to preach than to practice.
4. Gold is more precious than silver.
5. Mumbai is bigger than Pune.
6. She walks slowly than his brother does.

P.D. to C.D.

दो व्यक्ति, दो वस्तु या दो स्थानों में तुलना हो और वाक्य Positive Degree में हो और उसका रूपांतर सिर्फ C.D. में यानी Comparative Degree में कीजिए। इस प्रकार के P.D. के वाक्य का रूपांतर C.D. में करते समय नीचे दिए गए बदलाव कीजिए।

Mohan is not so tall as I am.

I am taller than Mohan या
She runs as fast as I do.
I do not run faster than she does.

1. दिए हुए वाक्य में दूसरे as के बाद जो नाम या सर्वनाम हो, वह शुरुआत में लीजिए।
2. वाक्य में क्रियापद नकारात्मक हो तो स्वीकारात्मक कीजिए और स्वीकारात्मक हो तो नकारात्मक कीजिए।

3. as और as निकालकर उसमें से क्रियापद को er प्रत्यय लगाएँ या अगर वह बहु अवयवी हो, तब उनके पूर्व more लीजिए।
4. बदले हुए वाक्य में शुरुआत के नाम या सर्वनाम और उसके हिसाब से योग्य क्रियापद आखिर में लीजिए।

Ex.—P.D.—She does not sing as sweetly as I do.

C.D.—I sing more sweetly than she does.

Exercise 5H—

Change the following sentences into C.D.

नीचे दिए गए वाक्य का रूपांतर C.D. में कीजिए।

1. A foolish friend is not as good as a wise enemy.
2. The sword is not as mighty as the pen is.
3. Secret love is not as good as open rebuke.
4. I know him as well as you do.
5. Chennai is not as big as Mumbai is.

ऊपर दिए गए नियमों का अभ्यास करके हर एक प्रकार के वाक्य की degree बदलना हर समय संभव नहीं होता, क्योंकि कुछ वाक्य वैशिष्ट्यपूर्ण और अलग होते हैं, इसलिए नीचे दिए गए कुछ अलग उदाहरणों का अभ्यास कीजिए।

1. He is as wise as Solomon was. Solomon पूर्वी होकर गया है। इसी प्रकार उसके लिए आनेवाले क्रियापद भूतकाल में लिये गए हैं।

Some poets are as great as John Keats.

इस वाक्य का C.D. देखिए।

John Keats was not greater than some other poets of his period.

2. Gandhi was greater than most other Indians. Very few Indians were as great as Gandhi.

3. Exercise is no less necessary than food.
   Exercise is as much necessary as food.

Food is not as much necessary as exercise. ऐसा मत कीजिए।

P.D.—As soon as the bell rang, the boys rushed into the class.

C.D.—No sooner did the bell ring than the boys rushed into the class.

P.D.—Mohan loves all his sons equally.

C.D.—Mohan does not love any of his sons more than the others.

S.D.—The greatest of all his services was his contribution to the field of education.

C.D.—His contribution to the field of education was greater than any other of all his services.

P.D.—No other of all of his services was as great as his contribution to the field of education.

एक degree के वाक्य को दूसरी degree में अगर बदलने के लिए दिया हो, फिर भी हर एक प्रकार की तुलना का एक अलग महत्त्व होता है।

उदा.—The bigger the house is, the more money it will cost. यह तुलना किसी विशिष्ट हेतु से की गई है। या The weather is getting colder and colder. यह तुलना gradual increase यानी क्रम से होनेवाली बढ़त दरशाने के लिए है। Riding a horse is not easy as riding a bicycle. इस वाक्य में दो क्रिया में तुलना दरशाई गई है।

A boy of 16 is often as tall as his father. वाक्य में लड़के की ऊँचाई की तुलना पिता की ऊँचाई से नहीं की, बल्कि 16 साल के लड़के की ऊँचाई एक पूरी बढ़त के इनसान की ऊँचाई जितनी है, यह बताना है।

degree के अभ्यास के लिए कुछ और उदाहरण नीचे दिए गए हैं।

Exercise 5I—

1. A train is quicker than a bus.
2. This exercise is better than the previous one.
3. Courage is a man's surest weapon in difficult situations.
4. The nearest airport is Aurangabad. (use positive degree)
5. An Artillary unit was bigger than that of the light Brigade. (change the degree)
6. Temperature is one of the most important physical factors. (change into P.D.)
7. Mother is more than the earth. (use positive degree)

□

10

Articles

उपपद

A, an, the ये प्रदर्शक विशेषण हैं और इन्हें Article यानी उपपद ऐसा कहा जाता है। There are two types of articles. उपपद दो प्रकार के होते हैं।

Articles

Definite Article (विशिष्ट उपपद the) Indefinite Article (अवशिष्ट उपपद a, an). The (एकवचन और अनेकवचन) A, An (सिर्फ एकवचन)।

विशिष्ट व्यक्तियों, वस्तुओं या स्थानों का निर्देश करनेवाले the इस उपपद को Definite Article कहते हैं। The यह एक Definite Article और a, an यह अविशिष्ट या सामान्य व्यक्तियों का, वस्तुओं का या स्थानों का निर्देश करने के लिए इस्तेमाल करते हैं। A और An केवल एकवचनी शब्द के सामने आते हैं। The मात्र एकवचनी या अनेकवचनी दोनों शब्दों के सामने आ सकते हैं; मगर वह विशिष्ट या संदर्भ होना जरूरी होता है। a और an इनका प्रकार भले ही एक हो, मगर फिर भी उनके उपयोग के बारे में फर्क सहज समझने लायक है। वह ध्वनि या उच्चार के ऊपर निर्भर है।

1. जिस एकवचनी शब्द की शुरुआत स्वर से हो और स्वर्ग जैसा ही उच्चार हो, उस शब्द के सामने an यह उपपद आता है। उदा.—an

Orange, an Umbrella, an Ass, an Indigo, an Ear, an Eye इत्यादि।

2. जिस एकवचनी शब्द की शुरुआत व्यंजन से हो, मगर उस व्यंजन का उच्चारण न होते हुए उसके बाद आनेवाले स्वर का ही उच्चारण हो, तब शब्द के सामने an उपपद आता है। an honest, an honourable इन सारे शब्दों में h mute है, यानी उनका उच्चार नहीं होता।
3. कुछ व्यंजन के उच्चार के पहले स्वर का उच्चार होता है। ऐसे व्यंजन के आगे भी an यह उपपद आता है। उदा.—h, l, m, n, s, x इत्यादि, an M.A., an S.S.C., an S.P., an M.L.A. इत्यादि; मगर कुछ शब्दों की शुरुआत स्वर से होकर भी उच्चार स्वर जैसा नहीं होता, व्यंजन जैसा होता है, उन शब्दों के आगे a उपपद आता है, an नहीं।

उदा.—a Uniform, a Union, a University, a one sided affair, a one rupee note, a Unit, a Universal, a Usual trip ऊपर के तीन प्रकार को छोड़कर हरेक एकवचनी अवशिष्ट नाम के आगे a उपपद आता है, यानी व्यंजन से शुरू होनेवाले एकवचनी अवशिष्ट नाम के आगे और स्वर से शुरू होकर भी व्यंजन जैसे उच्चार होनेवाले सर्व एकवचनी और विशिष्ट शब्द के आगे a यह उपपद आता है। उदा.—a boy, a man, a lot, a University, a one rupee note, a lady इत्यादि यह सर्वसामान्य विभाजन का विचार करने के बाद अब हम हर एक प्रकार के उपपद का उपयोग सीखेंगे।

1. Use of Definite Article
The इस विशिष्ट उपपद का उपयोग

1. Before an already referred noun of a particular person or thing. जिस व्यक्ति का, वस्तु का या स्थान का

पहले उल्लेख आकर गया हो या संदर्भ आया हो, उस नाम के आगे the आता है। कोई पेन फर्श पर गिरा हो, तब हम that is a pen ऐसा कह सकते हैं, मगर उस पेन का उल्लेख पहले आया हो, तब the pen कहते हैं।

उदा.—This is the pen that I bought yesterday.

2. Before the noun of the thing or place or person which has become definite because of some reference. संदर्भ की वजह से विशिष्ट बने हुए व्यक्ति या वस्तु के नाम के आगे भी the उपपद आता है। उदा.—रास्ते पर जख्मी हुए व्यक्ति के लिए किसी डॉक्टर को बुलाना हो, तब हम call a doctor ऐसा कहते हैं; मगर अपने किसी विशिष्ट family doctor का उल्लेख करना हो, तब हम go to the doctor, ऐसा कहते हैं।
3. Before a singular noun representing a whole class. कोई एकवचनी नाम संपूर्ण वर्ग का निर्देश करता हो, तब उसके सामने the यह उपपद आता है। उदा.—The cow is a domestic animal. The rose is a very beautiful flower.
4. Before the names of big rivers, seas, oceans, gulfs, groups of islands and mountain ranges बड़ी-बड़ी नदियाँ, तालाब, समंदर या पर्वत के नाम के साथ The उपपद आता है। उदा.—The Ganges, The Himalayas, The Alps, The Amazon, The Pacific Ocean, The Atlantic Ocean.
5. Before the names of large countries with some geographical phenomenon भौगोलिक संदर्भ के बड़े-बड़े देशों के या खंडप्राय देशों के नाम के आगे The उपपद आता है।

   उदा.—The U.S.A., The U.S.S.R., The Ucrania.
6. Before the names of epics and religious books

महाकाव्यों के और महत्त्वपूर्ण धर्म ग्रंथ के नाम के आगे The यह उपपद आता है।

उदा.—The Iliad, The Ramayana, The Vedas। मगर यदि इनके नाम के साथ ग्रंथकर्ता का नाम हो, तब उपपद नहीं आता है।

उदा.—Valmiki's Ramayana.

7. With the names of things which are unique. जग में एकमेव होनेवाले वस्तु के या चीज के सामान्य नाम के आगे The उपपद आता है।

   उदा.—The Sun, The Moon, The Sky, The Earth इत्यादि।

8. With the proper nouns when they are followed by an adjective or by definite adjective clause जब किसी विशेष नाम के आगे कोई दूसरा विशेषण आता है, तब उसके साथ The उपपद आता है। उदा.—The Immortal Shakespeare, The great Valmiki इत्यादि।

9. With the adjectives in Superlative Degree सुपरलेटिव डिग्री में विशेषण के साथ the उपपद आता है।

   उदा.—Ramesh is **the** tallest boy in our class.
   The best among his place is Othello.

10. Before ordinals क्रमवाचक विशिष्ट विशेषण के साथ the यह उपपद आता है।

    उदा.—She was the fourth woman to come.

    The fifth chapter in chemistry is very difficult.

11. Before the names of musical instruments. वाद्य के नाम के आगे the उपपद आता है। उदा.—He can play the flute. The harmonium.

12. Before an adjective representing a group. विशिष्ट घटक या प्रकार का निर्देश करनेवाले विशेषण के साथ the उपपद आता है।

उदा.—**The** poor men never support their counterparts.

13. Before a noun to give the force of a superlative. अतुलनीयता दरशानेवाले नाम के आगे। उदा.—**The** verb is **the** main word in a sentence.
14. कोई वाक्य में तुलनात्मक परिस्थिति को दरशाते समय the उपपद क्रिया विशेषण के तौर पर इस्तेमाल किया जाता है। उदा.—**The** more we get, **the** more we want.
15. ऐसे तो विशेष नाम के साथ (Proper noun) कोई भी उपपद नहीं आता, लेकिन जब कोई नाम उस समुदाय का नाम होता है, तब उसके साथ **the** उपपद आता है।

    उदा.—**The** French मतलब (The French people) या किसी पक्ष (party) के नाम के साथ।

    उदा.—The Republican Party of India.
16. कोई विशेष नाम अनेकवचन के संदर्भ में इस्तेमाल किया जाता है, तब उसके साथ the उपपद आता है। The Patils in Maharashtra are generally Marathas by caste.

    The Mughals ruled India.
17. विशिष्ट अखबार के नाम के साथ the उपपद आता है।

    उदा.—The Statesman, The Times of India इत्यादि।
18. Comparative Degree में दो चीजों में तुलना करते समय उनमें से एक को श्रेष्ठतम दिखाना हो, तब। उदा.—He is **the** finer batsman of **the** two. (but not of all)
19. जब कोई सामान्य नाम भाववाचक कल्पना दरशाता है, तब उस सामान्य नाम के आगे the उपपद आता है।

    उदा.—The Patriot in him rose in revolt या
    The beast in him made him criminal.
20. पद दरशानेवाले नाम के साथ The उपपद आता है।

उदा.—**The** principal, **The** collector इत्यादि।

21. कार्यालय के नाम के साथ The उपपद आता है।

    उदा.—The office of the collector, The Zilla Parishad.

Use of Indefinite Articles a and an का उपयोग

1. Before a singular indefinite word एकवचनी अविशिष्ट नाम के आगे a या an (जो भी योग्य हो) उपपद आता है।

   उदा.—**a** man, **a** woman, **a** university, **an** eye, **an** old.

2. पहली बार उल्लेख होनेवाले एकवचनी सामान्य और विशिष्ट नाम के साथ a या an उपपद आता है।

   उदा.—I saw a dog.

   उदा.—He made a virtue of necessity.

3. जब विशेष नाम सामान्य नाम का काम करते हैं, तब।

   उदा.—He is a good poet but not a Shakespeare.

Articles in Narrative Passages

किसी वर्णनात्मक, किसी अनिश्चित या विशिष्ट व्यक्ति, वस्तु या स्थान का उल्लेख पहली बार आता है, तब उसके आगे a या an उपपद आता है; मगर वाक्य में अगर फिर से उनका उल्लेख करते समय उनके आगे the उपपद आता है।

उदा.—There was a queen. She had **a** parrot.
The parrot sang a song for **the queen.**

Omission of the Articles उपपद टालना

We do not use articles in the following situations :

नीचे दी गई परिस्थितियों में उपपद नहीं लिये जाते।

1. जब कोई नाम सर्व सामान्य अर्थ से इस्तेमाल होते हैं, तब उनके साथ कोई भी उपपद का उपयोग नहीं करते।

उदा.—a man यानी कोई भी एक इनसान। the man यानी कोई विशिष्ट इनसान, मगर man यानी सभी इनसान।

2. भाववाचक नाम या विशेष नाम के आगे कोई भी उपपद नहीं आते।

   उदा.—He was pale with fear.

3. किसी वस्तु या पदार्थ का उल्लेख सर्व सामान्य रूप से किया जाता है, तब उनके साथ कोई भी उपपद नहीं आते।

   उदा.—Gold is one of the heaviest metals.
   Water is the source of all life.

4. जब समुदायवाचक नाम का उल्लेख सामान्य रूप से किया जाता है, तब उनके साथ कोई भी उपपद नहीं आते।

   उदा.—Mankind is mortal. Society does not agree with evil deeds.

5. जब कोई अनेकवचनी नाम किसी वर्ग का निर्देश करते हैं, तब उनके आगे कोई भी उपपद नहीं आते।

   Girls like rangoli designs. Children are usually naughty.

6. खाने के नाम और बीमारियों के नाम दरशानेवाले नाम के साथ कोई भी उपपद नहीं आते।

   उदा.—He is suffering from dysentery.
   I took my lunch early in the afternoon.

7. भाषाओं के नाम या ज्ञान की शाखाओं के नाम दरशानेवाले नाम के आगे कोई भी उपपद नहीं आते। उदा.—I like English.
   History is my favourite subject.

8. दिन, महीने और ऋतु के नाम के आगे भी कोई उपपद नहीं आते।

   उदा.—I met him in June.
   I see films on Sundays.
   I come on Monday.

9. किसी सामान्य नाम, किसी व्यक्ति को संबोधित करने के लिए

इस्तेमाल किए जाते हैं, तब उनके साथ कोई भी उपपद नहीं आते।

उदा.—Friend, I am very grateful to you.
Can you give me your book, sister?

10. सामान्यत: कई वाक्यप्रचार में उपपद आते हैं, मगर कुछ वाक्यप्रचार में उनको टाला जाता है।

    उदा.—To set foot on. (to set a foot on नहीं)
    To send word to, To set sail, Out of place, Sick at heart इत्यादि।

11. जब कोई नाम, शीर्षक, व्यवस्था इनका निर्देश करते हैं और विशेषण के रूप में इस्तेमाल किए हुए होते हैं, तब उपपद का इस्तेमाल नहीं करते।

    उदा.—King Ashoka, Lord Byran.

12. किसी शीर्षक की शुरुआत विशेष नाम से हो रही हो, तब उसके आगे कोई भी उपपद न लें।

    उदा.—K.R. Narayanan, former President of India.
    Henry, king of England इत्यादि।

13. सामान्य हो, फिर भी अनेकवचनी नाम के आगे कोई भी उपपद नहीं आते।

    उदा.—It is a book, किंतु There are books.

a और an का स्वतंत्र विचार

a or an is not used in the following situations :

नीचे दी गईं परिस्थितियों में a और an का उपयोग नहीं किया जाता—

1. अनेकवचनी नाम के आगे a या an कभी भी नहीं आता।

   उदा.—There is a dog. Five dogs are there.

2. a or an is avoided before uncountable nouns. अनेकवचनी नाम के आगे a या an नहीं लिया जाता। उदा.—

You need some more furniture, glass, wood, iron, stone, paper, cloth, wine ये वस्तुओं या पदार्थों के नाम uncountable यानी अनगिनत हैं। उनके आगे a/an यह उपपद नहीं आता।

3. भाववाचक नाम के आगे a या an नहीं आता। उदा.—beauty, fear, happiness, hope.
4. खाने के नाम के आगे a/an नहीं आता। उदा.—I was invited to dinner.

the का स्वतंत्र विचार

1. कुछ खंडप्राय देशों के नाम छोड़कर अन्य कोई भी देश या शहर के नाम के आगे the उपपद नहीं आता।

   उदा.—He returned to Pakistan, I live in Delhi, लेकिन The U.S.S.R., The U.S.A., The Netherlands ये कुछ अपवाद हैं।
2. जब नाम में विभक्ती प्रत्यय होता है, तब उसके आगे उपपद नहीं आता। उदा.—The book is mine. ऐसा हो, तब उस समय the उपपद लेते हैं, किंतु It is my book में नहीं आते।
3. Home, Church, Market, Hospital, in alone do not take the ऊपर में से एक शब्द अकेला आया होता, यानी उनके साथ वर्णनात्मक आशय न हो, तब उनके साथ the यह उपपद नहीं आता।

उदा.—He went home. ऐसे ही Church, Market, College, इनके बारे में भी है। उदा.—We go to church, मगर विशिष्ट परिस्थितियों में I went to the church to see the carvings.

THE REPETITION OF THE ARTICLE उपपद की पुनरावृत्ति

1. एक ही व्यक्ति के संदर्भ में दो या अधिक नामों का प्रयोग किया जाता है, तब सिर्फ पहले नाम के साथ उपपद आता है।

   उदा.—The poet and dramatist Anil is honoured today.

अगर वह दो नाम दो भिन्न व्यक्तियों का निर्देश करता हो, तब उपपद दो बार ले लिये जाते हैं। उसे Repetition of Article कहते हैं।

उदा.—The poets and the dramatists of our town are honoured today.

जब दो या दो से ज्यादा विशेषण एक ही व्यक्ति के बारे में जानकारी बताते हों, तब सिर्फ पहले विशेषण के पूर्व उपपद आता है।

उदा.—She is an intelligent and hard-working girl. अगर such शब्द आया हो, तब एकवचनी नाम के बाद एकवचनी a या an आते हैं। Such an accident इत्यादि।

Exercise 6 : Q. Fill in the blanks with a, an or the where necessary.

1. I am suffering from...headache.
2. I am in...hurry.
3. I enjoy...good health.
4. Sports shall be started after...lunch.
5. The game has come to...end.
6. Rahul works hard by...day and sleep soundly. At... night.
7. Anita asked for...bread and...butter...loaf of...former and...pound of...latter.

Determiners

डिटरमाइनर्स

Definition (व्याख्या) : नाम के आगे आनेवाले और नाम के अर्थ को बंदी करनेवाले शब्द को Determiners कहते हैं। Determiner में नीचे दी गई सूची का समावेश होता है।

1. Articles : A, An, The
2. Demonstrative adjectives : this, that, these, those.
3. Possessive adjective : my, mine, our, your, his, her, its, their, they.
4. Adjectives of quantity and number संख्या दर्शक विशेषण (प्रमाण दर्शक विशेषण)।

□

11

Verb
क्रियापद

क्रिया दरशानेवाले और वाक्य को अर्थपूर्ण बनानेवाले शब्द को हम 'क्रियापद' कहते हैं। क्रियापद कोई व्यक्ति या वस्तु क्या कर रही हैं, यह बताते हैं या किसी व्यक्ति या वस्तु, इन पर क्या क्रिया हो रही है, यह बताते हैं।

उदा.—A woman makes tea. She is arrested.
The tree is tall.

KINDS OF VERBS
क्रियापद के प्रकार

1. Transitive Verb   2. Intransitive Verb

1. **Transitive Verb :** जिस क्रियापद में दरशाई हुई क्रिया कर्ता से कर्म के पास संक्रमित होती है, उस क्रियापद को 'सकर्मक क्रियापद' कहते हैं।

   उदा.—he throws a ball., she kicks the ball.

2. **Intransitive Verb :** जिस क्रियापद में दरशाई हुई क्रिया केवल कर्ता तक मर्यादित रहे, कर्म के पास संक्रमित न हो, उस क्रियापद को Intransitive Verb 'अकर्मक क्रियापद' कहते हैं।

   उदा.—She smiles, he talks. आदि क्रियापद का transitive या Intransitive होना केवल उपयोग पर निर्भर है। एक वाक्य में

transitive होनेवाले क्रियापद दूसरे वाक्य में intransitive बन सकते हैं। Ex.—Rahul rang the bell—transitive
The bell rang loudly—intransitive
The horse kicked the man—transitive
The horse kicks—intransitive
Intransitive Verb अकर्मक transitive बना सकते हैं। (सकर्मक) उदा.—
The elephant walks (intransitive)
He walks the elephant (transitive)
Birds fly (intransitive)
The men fly their kites (transitive)

अंग्रेजी भाषा के क्रियापद के मुख्य भाग को stem कहते हैं। उदा.— play, यह stem है। उसे ed प्रत्यय लगाने पर played यह दूसरा रूप है या s प्रत्यय लगाकर plays बनता है। ये क्रियापद नीचे दिए गए चार स्वरूप में हो सकते हैं।

Present	**Past**	**Past Participle**	**Gerund**
V1	V2	V3	V4
take	took	taken	taking
write	wrote	written	writing

Strong and Weak Verbs (Regular)
सबल और दुर्बल क्रियापद

जिस क्रियापद का भूतकाल यानी दूसरा रूप बनाने के लिए उसमें समाविष्ट स्वर में बदल किया जाता है, यानी उसे d या ed प्रत्यय लगाना आवश्यक नहीं, उन्हें Strong verb कहते हैं। उदा.—come-came, speak-spoke, write-wrote, see-saw.

जिस क्रियापद का भूतकाल करने के लिए उन्हें d या ed प्रत्यय लगाना पड़ता है, उन क्रियापद को 'दुर्बल क्रियापद' कहते हैं। उदा.—

believe	–	believed
walk	–	walked
laugh	–	laughed
want	–	wanted
count	–	counted इत्यादि।

कुछ क्रियापद के स्वर में बदल करने के बावजूद उन्हें t या d या ed या ght ऐसे प्रत्यय लगाते हैं। उन्हें भी **Weak verb** कहते हैं।

उदा. sell	–	sold
bring	–	brought
seek	–	sought
catch	–	caught इत्यादि।

to be	am, is, are	was, were	been
to have	have, has	had	had
to be able	am, is, are, able	was/were able	been able
to have	must	had to	had to
	will	would	—
	shall	should	—
	ought	ought	—
to dare	dare	dared	dared

Rules for the use of all auxiliaries in general

ऊपर के सभी सहकारी क्रियापद के उपयोग के बारे में नीचे दिए गए सर्वसाधारण नियम हैं। उन्हें ध्यान में रखिए।

1. to be का रूप to have के रूप और do को छोड़कर बाकी

सहकारी क्रियापद किसी भी कर्ता के आगे एक जैसे रहते हैं। उदा.—I must, you must, he must, they must, she must, we must इत्यादि। वैसे ही I can, you can, she can, he can इत्यादि और I may, he may, she may इत्यादि; मगर to be के मामले में मात्र वर्तमान काल में i के साथ am, एकवचन के साथ is, अनेकवचन के साथ और एकवचनी इनके साथ are एवं भूतकाल में एकवचन के साथ was और अनेक वचन के साथ were आते हैं।

उदा.—I am, he is, you are, she is, she was, they/boys/were, etc. वैसे ही to have के मामले में वर्तमान काल में he, she, it और कोई भी एकवचनी नाम इनके साथ has और बाकी सब जगह have।

उदा.—He has, she has, it has, Mohan has, I have, we have, you have, you all have, they have इत्यादि।

2. कोई भी सहकारी क्रियापद को not लगाकर उसे नकारात्मक बनाया जा सकता है। उदा.—I am not, he is not, she cannot इत्यादि।
3. प्रश्नार्थक वाक्य बनाते समय सहकारी क्रियापद को कर्ता के आगे लेना पड़ता है। उदा.—Can you go ?
4. सामान्यतः सहकारी क्रियापद में रूपांतर चारों ही काल में नहीं होता है। सिर्फ Passive Voice में होते हैं। उदा.—being, having इत्यादि ऊपर दिए गए सहकारी क्रियापदों में से can, could, may, might, shall, should, will, would, must, ought, used, need, dare इन सब सहकारी क्रियापदों को Modal auxiliaries या Modals कहते हैं, क्योंकि सभी सहकारी क्रियापद permission इजाजत, possibility संभावना, ability (क्षमता/संभावना),

certainty (निश्चितता), obligation (बंधनकारकता)—इन जैसे कोई भाव/वृत्ति दरशाते हैं।

1. can यह सामान्यत: ability पात्रता क्षमता दरशाते हैं।
   उदा.—I can do this work. मुझमें इस काम को करने की क्षमता/पात्रता है, ऐसा इसका अर्थ होता है। निश्चित रूप से करना ऐसा नहीं होता है।

2. May यह सामान्यत: permission दरशाते हैं।
   उदा.—May I borrow your book? May I come in? could यह can का भूतकाली रूप बनकर और might यह may का भूतकाली रूप बनकर इस्तेमाल किया जाता है।
   I could attend the party.
   Might I borrow your book?

It might rain tomorrow. यह it may rain tomorrow से थोड़ा कम संभव है। I could का उपयोग polite ıequest (विनम्र विनती) करने के लिए भी होता है। उदा.—Could you pass me the book? shall and will में प्रथम पुरुष नाम के आगे भविष्य काल दिखाने के लिए shall का उपयोग करते हैं और द्वितीय व तृतीय पुरुष के आगे will का उपयोग करते हैं।

उदा.—I shall be fifty next birthday.
You will see this film tomorrow.
Tomorrow will be Monday.

द्वितीय पुरुष और तृतीय पुरुष सर्वनाम के आगे या नाम के आगे shall लिया जाए, तब वह एक command आदेश या promise वचन या threat डर को दरशाते हैं।

उदा.—1. She shall not enter my garden again. (command)
2. You all shall have holiday tomorrow. (promise)
3. You shall be punished for the crime. (threat)

जिस व्यक्ति से हम बात करते हैं, उस व्यक्ति से इजाजत माँगनी हो, तब प्रथम पुरुष के साथ Shall का इस्तेमाल करके प्रश्न पूछा जाता है।

उदा.—Shall I open the door?

Shall I stay here?

Will यह certainity निश्चितता दरशानी हो, तब अलग-अलग परिस्थितियों में उसके अलग-अलग उपयोग हैं।

I will come surely. (certainty निश्चितता)

I will carry your books. (promise) इच्छा

I will succeed or die in the attempt. (determination) निश्चित प्रतिज्ञा

will से शुरुआत करके द्वितीय पुरुष को प्रश्न पूछे जाने पर विनती या निमंत्रण होता है।

Will you have a cup of tea? (invitation)

Will you lend me your book? (request)

should प्रमुख रूप से उपदेश के लिए (advise) इस्तेमाल किया जाता है और उसके भी परिस्थिति के हिसाब से बहुत से उपयोग हैं। You should study hard. (advice)

You should obey the laws. (duty कर्तव्य)

Children should obey their parents. (advice)

You should have been more careful. (कर्तव्य, जिनका पालन न किया गया हो) (obligation not fulfilled)

must यहाँ Obligation वचनबद्धता, Necessity आवश्यकता और Fixed determination निश्चित संकल्प दरशाते हैं।

उदा.—We must work to feed ourselves. (obligation)

Students must study hard. (obligation)

We must obey the laws. (obligation)

He must be forty now. (fixed determination)

You must study this book. (necessity आवश्यकता)

ought भी desirability (इच्छा) moral obligation (नैतिक संबंध) और duties कर्तव्य दरशाने के लिए इस्तेमाल करते हैं।

She ought to pack up her luggage.
You ought to see him before he leaves.

Ought and Should में अंतर

Ought बोलनेवाले का कर्तव्य दरशाता है और should बोलनेवाले की सूचना दरशाता है।

उदा.—You ought to respect your parents. (It is your duty) कर्तव्य।

You should help that man. (recommendation) सुझाना

used to यह भी एक सहकारी क्रियापद है। वह Discontinued habit भूतकाल की आदत दरशाते हैं। उदा.—Mohan used to live in this house when he was a child. Need भी एक सहायक क्रियापद बनकर इस्तेमाल होता है। वह भी आवश्यकता को दरशाता है।

He need not go.
Need I write to him?

Modal auxiliary के उपयोग पर नीचे दिए गए प्रश्न पूछे जाते हैं।

1. You will do this work tomorrow.
(Rewrite the sentence using modal auxiliary showing obligation)

Ans. You must do this work tomorrow.

2. You have to help your friend.
(Rewrite using modal auxiliary showing advice)

Ans. You should help your friend.

3. All the players may take part in the competition.
(Rewrite the sentence using modal auxiliary showing certainty)

Ans. All the players will take part in the competition.

4. Mohan is capable of doing this work.
(Rewrite using modal auxiliary showing ability or capacity)

Ans. Mohan can do this work या सिर्फ जानकारी देकर भी किसी Modal auxiliary का उपयोग करने के लिए कहा जाता है। उदा.—

1. Your friend does not study regularly, advise him to do so.

Ans. My dear friend, you should study hard regularly.

2. You can go where you want. (use modal auxiliary showing permission)

Ans. You may go where you want.

3. Mohan used to attend the meeting regularly in those days. (Rewrite using would)

Ans. Mohan would attend the meeting regularly in those days.

Exercise 7A
Do as Directed
कोष्ठक में दी गई सूचना के हिसाब से बदल दीजिए

1. I have to work as hard as i can.
(Replace the modal auxiliary by another showing obligation)
2. You should do what your teacher asks you to do.
(Rewrite using modal auxiliary showing obligation)
3. They need to be protected.
(Rewrite by using modal auxiliary showing obligation)
4. The remaining journey has to be undertaken on foot or on pony.

(Rewrite using appropriate form of modal auxiliary)

5. Be prepared always to pay the price.
(Rewrite using modal auxiliary showing suggestion)

Formation of Verb
क्रियापद बनाना

Verb from Nouns : (नाम का इस्तेमाल करके क्रियापद बनाना)

Noun से Verb बनाते समय अलग पद्धति का अवलंब करना मुश्किल है; मगर फिर भी नीचे दिए गए उदाहरणों से कुछ मार्गदर्शन निश्चित रूप से मिल सकता है।

Noun	**अर्थ**	**Verb**	**अर्थ**
Fright	डर	Frighten	डर दिखाना
Haste	जल्दबाजी	Hasten	जल्दबाजी करना
Prison	कैद	Imprison	कैद करना
Enlight	प्रकाशित	Enlighten	प्रकाशित करना
Apology	माफी	Apologise	माफी माँगना
Neuter	निष्क्रिय	Neutralise	निष्क्रिय बनाना
Beauty	सौंदर्य	Beautify	सुंदर बनाना
Glory	वैभव	Glorify	वैभव बनाना
Danger	खतरा	Endanger	खतरे में डालना
Power	शक्ति	Empower	शक्ति देना

Verbs from Adjectives

विशेषण का उपयोग करके क्रियापद बनाना

Adjective	अर्थ	Verb	अर्थ
Clear	स्पष्ट	Clarify	स्पष्ट करना
Able	लायक	Enable	लायक बनाना
Large	बड़ा	Enlarge	बड़ा बनाना
Equal	एक जैसा	Equalise	एक जैसा करना
Family	परिचित	Familiarise	परिचित करना
Mad	पागल	Madden	पागल बनाना

□

12

Tense
काल

किसी भी वाक्य का काल उस वाक्य के क्रियापद के ऊपर निर्भर है। हिंदी भाषा की तरह ही अंग्रेजी भाषा में भी काल के प्रमुख तीन प्रकार हैं। हर काल चार प्रकार से व्यक्त होता है। मुख्य तीन काल नीचे दिए गए हैं।

1. Present Tense वर्तमान काल
2. Past Tense भूतकाल
3. Future Tense भविष्य काल

वर्तमान काल के चार प्रकार हैं।

1. Simple Present Tense or Present Indefinite Tense सामान्य वर्तमान काल
2. Present Continuous or Present Progressive or Present Imperfect Tense अपूर्ण वर्तमान काल
3. Present Perfect Tense पूर्ण वर्तमान काल
4. Present Perfect Continuous Tense सतत पूर्ण वर्तमान काल

ऐसे ही चार प्रकार Past Tense और Future Tense के हैं।

1. Present Tense

वर्तमान काल

1. Simple Past Tense or Past Indefinite Tense सामान्य भूतकाल
2. Past Progressive or Past Continuous or Past Perfect Tense अपूर्ण भूतकाल
3. Past Perfect Tense पूर्ण भूतकाल
4. Past Perfect Continuous Tense सतत पूर्ण भूतकाल

भविष्य काल के भी ऐसे ही चार प्रकार हैं।

1. Simple Future or Future Indefinite Tense सामान्य भविष्य काल
2. Future Continuous or Future Progressive Tense अपूर्ण भविष्य काल
3. Future Perfect Tense पूर्ण भविष्य काल
4. Future Perfect Continuous Tense सतत पूर्ण भविष्य काल

1. जिस क्रियापद के आखिर में और ss, sh, ch और o इनमें से कोई एक अक्षर हो, उस क्रियापद में सामान्यत: es प्रत्यय लगाते हैं।

उदा.—I kiss	He kisses
We rush	She rushes
You watch	He watches
I box	He boxes
We go	He goes
You do	She does

बाकी क्रियापद को सामान्यत: s प्रत्यय लगता है।

I play	He plays
We run	She runs इत्यादि।

मगर जिस क्रियापद के आखिर में y हो और उसके पहले व्यंजन हो, तब उस क्रियापद को s प्रत्यय लगाते समय y की जगह पर i लिखते हैं और उसके बाद es प्रत्यय लगाते हैं।

उदा.—We carry	She carries
I hurry	He hurries

जिस क्रियापद के आखिर में y प्रत्यय है, मगर उसके पहले स्वर आता है, उस क्रियापद को मात्र s प्रत्यय लगता है।

जैसे—I obey	He obeys
I say	She says

He runs वह भागता है। She smiles वह हँसती है। Mohan goes to college मोहन कॉलेज में जाता है। s + v1 इस रचना में नीचे दिए गए वाक्यों को अंग्रेजी में (सामान्य वर्तमान काल में) भाषांतरित कीजिए।

Exercise 8A—

1. वह नीचे बैठी है।
2. वह पुस्तक पढ़ता है।
3. हम स्कूल जाते हैं।
4. मोहन पत्र लिखता है।
5. तुम उसे पहचानते हो।

दो वाक्य करके दिखाए हैं।

Pattern s + v1 (क्रियापद का मूल रूप)

मैं परभणी में रहता हूँ। I live in Parbhani.

वह बहुत तेज भागती है। She plays very fast.

नकारात्मक विधान में वर्तमान काल की रचना s + do not/does not/v1 ऐसी होती है। He, She, It कोई भी एकवचनी नाम अगर कर्ता हो, तब does not और बाकी हर जगह पर do not का इस्तेमाल करते हैं।

उदा.—He does not work hard. I do not take coffee.

Translate the following into English

इस रचना, जैसे नीचे दिए गए वाक्यों का भाषांतर कीजिए। दो वाक्यों का भाषांतर करके दिखाया गया है।

S + do not + v1 मैं अंग्रेजी नहीं पढ़ाती। I do not teach English.

S + does not + v1 वह अंग्रेजी नहीं पढ़ाती। She does not teach English.

Exercise 8B—

1. लोग अखबार ध्यान से नहीं पढ़ते।
2. वह खाना नहीं बनाती।
3. हम कबड्डी नहीं खेलते।
4. मोहिनी पत्र नहीं लिखती।
5. वह बात नहीं करता।

In interrogative sentence two patterns are there प्रश्नार्थक सामान्य वर्तमान काल।

wh question word + do/does + subject + v1 +...

उदा.—What does he write ? वह क्या लिखता है ?

Exercise 8C—

इसी रचना में नीचे दिए गए वाक्य अंग्रेजी में लिखिए।

1. वह कहाँ रहता है ?
2. अनीता क्या पढ़ती है ?
3. मोहन कब उठता है ?
4. वह क्यों भागता है ?
5. आकाश कैसे चलता है ?

do/does + subject + v1

Does he sleep ? वह सोता है क्या ?

ऊपर के दोनों प्रकार के प्रश्नार्थक वाक्य के बारे में नकारात्मक प्रश्नार्थक वाक्य हो, तब वह नीचे दिए गए वाक्यों में से एक होता है।

Wh + don't/doesn't + subject + v1 + ...

Why don't you sit down ? तू बैठती क्यों नहीं ?

Wh + do/does + subject + not + v1 अनीता क्या पढ़ती है ? या What does Anita read? Why does she not sit down? वह नीचे क्यों नहीं बैठती ?

Do/does + subject + not +

Does he not sleep? Don't/doesn't + subject + v1
Don't you read?

नीचे दिए गए वाक्य अंग्रेजी में लिखिए।

Exercise 8D—

1. वह क्यों नहीं हँसती ?
2. वह क्यों नहीं चलता ?
3. मदन कब काम नहीं करता ?
4. अर्जुन कहाँ नहीं बैठता ?
5. तुम उसे क्यों नहीं पहचानते ?

Second pattern दूसरा नकारात्मक प्रश्नार्थक सामान्य वर्तमान काल

Do/does + subject + not + v1

Does she not speak ? वह क्यों नहीं बोलती ?

Don't/doesn't subject + v1 + ...

Don't you read a book ? तुम पुस्तक नहीं पढ़ते क्या ?

Exercise 8E—

नीचे दिए गए वाक्य अंग्रेजी में लिखिए—

1. वह पढ़ाई क्यों नहीं करता ?
2. सुमन बात नहीं करती क्या ?

3. तुम क्यों नहीं हँसते ?
4. मुरारी क्यों नहीं रोता ?
5. तुम्हारा घर नहीं है क्या ?

नोट—इसी मामले में करता तृतीय पुरुष एकवचनी हो (यानी he, she, it या कोई भी एकवचनी नाम) तो does और बाकी सब जगह पर do का इस्तेमाल कीजिए।

he, she, it या एकवचनी नाम कर्ता न हो, तब does से शुरुआत न करते हुए do से कीजिए।

Exercise 8F—

नीचे दिए गए वाक्य अंग्रेजी में लिखिए—

1. तुम वहाँ जाते हो क्या ?
2. वह बात करता है क्या ?
3. तुम उसे पहचानते हो क्या ?
4. वह खेलती है क्या ?
5. लोगों को ऐसे सिनेमा कैसे पसंद आते हैं ?

हर एक विनती के वाक्य सामान्य वर्तमान काल में ही होते हैं।
The pattern is as follows :
v1 (Base form of the verb) + object(s)
Ex.—Take this book. यह पुस्तक लो।
P1 + V1 +...Please come here. कृपया इधर आओ।

Exercise 8G—

इसी रचना में नीचे दिए गए वाक्य अंग्रेजी में भाषांतरित कीजिए।

1. कृपया मुझे एक कप चाय दीजिए। Please give me a cup of tea.
2. यह पुस्तक वहाँ रखो।
3. खड़े रहो।

4. नीचे बैठो।

5. यहाँ आओ।

नकारात्मक आज्ञा हो, तब Don't + v1 + o ऐसी रचना कीजिए।

उदा.—Don't take anything with you.

Exercise 8H—

नीचे दिए गए वाक्य को अंग्रेजी में भाषांतरित कीजिए।

1. हँसो मत। 2. बोलो मत। 3. उसे मत चिढ़ाओ। 4. भागो मत। 5. कृपया मुझे परेशान मत कीजिए। Passive voice में सामान्य वर्तमान काल को पहचानने के लिए उसकी रचना नीचे है। Passive Simple Present

Object in the capacity of subject + am/is/are + v3 (क्रियापद का तीसरा रूप)

Ex.—The book is stolen. पुस्तक चोरी होती है।

Exercise 8I—

नीचे दिए गए वाक्यों को अंग्रेजी में भाषांतरित कीजिए।

1. कॉपी फेंकी जाती है।

2. उसे बुलाया जाता है।

3. अनिल को निमंत्रण दिया जाता है।

4. घर खरीदा जाता है।

5. शब्द लिखे जाते हैं।

Uses of Simple Present Tense सामान्य वर्तमान काल के उपयोग

किसी काल की रचना कैसी होती है, यह केवल समझकर उपयोग नहीं, किंतु वह काल कहाँ इस्तेमाल होता है, उसका समझना भी आवश्यक है, यानी खाली जगह पर क्रिया पद के योग्य रूप का इस्तेमाल कर सकते हैं। सामान्य

वर्तमान काल नीचे दिए गए प्रकार के वाक्य में इस्तेमाल किया जाता है और योग्य परिस्थिति में योग्य काल का उपयोग कर सकते हैं।

1. आदत या रोज घटनेवाली प्रथा, घटना हमेशा सामान्य वर्तमान काल को ही दरशाते हैं।

उदा.—I take tea everyday. He gets up at 4 o'clock every morning.

2. सर्वसामान्य सत्य बात या त्रिकालबाधित सत्य बताते समय सामान्य वर्तमान काल का उपयोग करते हैं।

उदा.—The sun rises in the East. The Earth revolves around the Sun. Sugar is sweet.

3. ज्यादातर सभी मुहावरे वर्तमान काल में ही होते हैं।

उदा.—All that glitters is not gold.

4. सामान्यतः पसंद-नापसंद और वृत्ति-अभिवृत्ति बताते समय simple present का इस्तेमाल किया जाता है। उदा.—Girls like rangoli designs.

5. कुछ बार चीजें या होकर गई हुई घटनाओं का वर्णन भी सामान्य वर्तमान काल में ही किया जाता है। उदा.—The brave soldier attacks the city, but he gets defeated.

6. सारी खबरों के शीर्षक और महत्त्वपूर्ण खबरें हमेशा सामान्य वर्तमान काल से ही दरशाते हैं।

उदा.— The Chief Minister visits Parbhani.

The officer pays a visit to the village.

America condemned the attack on the Indian Parliament.

7. भविष्य काल में कोई क्रिया योजना बंद तरीके से होने वाली हो, तब वह सामान्य वर्तमान काल से दरशाते हैं।

उदा.— The Minister leaves for Nanded tomorrow.

We shall for Europe tomorrow.

8. भागता समालोचन करते समय अपूर्ण क्रिया के वर्णन सामान्य वर्तमान काल में किए जाते हैं।

उदा.— The batsman takes one run. He takes an excellent catch.

9. कुछ उद्गारवाचक वाक्य में उदा.—Here comes my father! There Mohan goes!

10. (हमेशा), usually हमेशा, sometimes कभी-कभी, never कभी नहीं, always हमेशा, occasionally कभी-कभार, on Mondays हर सोमवार, everyday हर रोज, twice a year वर्ष में दो बार, everyday, every week, twice/thrice/several times a day/week/month/year, generally सामान्यत:, frequently कई बार, rarely कभी-कभी, daily/tonight, today, this month, this year इत्यादि सभी शब्द वर्तमान काल दरशाते हैं।

2. Present Continuous Tense or Present Progressive Tense
अपूर्ण वर्तमान काल

स्वीकारात्मक विधानार्थी अपूर्ण वर्तमान काल में नीचे दी गई रचना होती है।

subject + am/is/are + verb + ing (participle) + (V4)
We are learning tenses. हम काल सीख रहे हैं।

Exercise 9A—

नीचे दिए गए वाक्यों को अंग्रेजी में लिखिए—

1. बच्चे खेल रहे हैं।
2. हम खेल देख रहे हैं।
3. वह सिर्फ बात कर रहा है।
4. अनिल कुछ खा रहा है।
5. तुम हँस रहे हो।

In negative sentences, not is added to the auxiliary verb.

उदा.—He is not eating anything.

We are not celebrating any festival this year.

In interrogative sentences, following patterns are there :

प्रश्नार्थक वाक्य में नीचे दिए गए दो pattern हैं।

wh + am/is/are + subject + verb + ing (participate)

What are you doing here ? तुम यहाँ क्या कर रहे हो ?

Exercise 9B—

नीचे दिए गए वाक्यों को अंग्रेजी में लिखिए—

1. वह कहाँ जा रहा है ?
2. मोहन क्या खा रहा है ?
3. तुम कब वापस आने वाले हो ?
4. बाहर कौन चिल्ला रहा है ?
5. वह कैसे गाती है ?

Pattern no. 2 Am/is/are + subject + verb + ing

Is he playing ? क्या वह खेल रहा है ?

नीचे दिए गए वाक्य इस pattern में अंग्रेजी में लिखिए—

1. वह हँस रहा है क्या ?
2. वह भाग रही है क्या ?
3. तुम कुछ लिख रहे हो क्या ?
4. ये बच्चे वस्तुस्थिति बता रहे हैं क्या ?
5. वह आराम कर रहा है क्या ?

Present Continuous in Passive Voice :

पैसिव वॉइस में अपूर्ण वर्तमान काल का पैटर्न

Object + am/is/are + being + participle

A letter is being written. पत्र लिखा जा रहा है।

Rules to remember while adding to the verb :

क्रियापद को ing प्रत्यय लगाते समय नीचे दी गई सूची को ध्यान में रखिए—

1. क्रियापद का उपांत्य अक्षर अगर व्यंजन हो और आखिर का अक्षर e हो, तब ing प्रत्यय लगाते समय आखिर का e नहीं लिखते। उदा.—Give—giving, take—taking, close—closing इत्यादि।
2. आखिर में व्यंजन होनेवाले क्रियापद एक अवयवी (one syllable) हों, तब आखिर का व्यंजन दो बार लेकर ing प्रत्यय लगाया जाता है।

उदा.—Run—running, stop—stopping, clap—clapping, drop—dropping इत्यादि।

3. आखिर के व्यंजन से पहले एक से अधिक स्वर हों, तब आखिर का व्यंजन जैसा है, वैसे ही एक बार लेकर ing प्रत्यय लगाया जाता है।

उदा.—tear—tearing, bear—bearing, wait—waiting.

4. किसी क्रियापद का एक से अधिक अवयव syllable हो और आखिर के अक्षर पर जोर हो, तब आखिर का व्यंजन दो बार लेकर उसे ing प्रत्यय लगाया जाता है।

उदा.—begin—beginning, differ—differing इसमें कुछ अपवाद भी हैं। उदा.—gallop—galloping, market—marketing

5. कुछ क्रियापद के आखिर में L होता है। उसमें एक से अधिक अवयव हो, तब आखिर के व्यंजन को द्वित्व करके उसे ing लगाएँ।

उदा.—Travel—Travelling.

Exercise 9B—

नीचे दिए गए वाक्यों को अंग्रेजी में लिखिए।

1. नया घर बनाया जा रहा है। 2. जानकारी मिल रही है।

3. पुस्तकें ठीक से रखी जा रही हैं। 4. पुस्तकें बेची जा रही हैं।
5. कॉपियाँ फाड़ी जा रही हैं।

Uses of Present Continuous अपूर्ण वर्तमान काल के उपयोग

1. उल्लेख करते समय जो क्रिया अपूर्ण है, वह क्रिया दरशाने के लिए इस काल का इस्तेमाल किया जाता है। उदा.—I am speaking at present. The boys are playing उल्लेख करते समय अपूर्ण न हो, फिर भी उस कालावधि में कभी तो जो क्रिया अपूर्ण हो, वह भी अपूर्ण वर्तमान काल से ही दरशाते हैं।

उदा.—1. I am reading novels now-a-days. 2. We are working in the industry. 3. भविष्य काल की नियोजित और निश्चित घटनेवाली क्रिया को दरशाने के लिए इस काल का उपयोग करते हैं। उदा.—My father is arriving tomorrow.

4. कोई क्रिया आदत बनकर सतत हो रही हो, तब वह अपूर्ण वर्तमान काल से दरशाते हैं।

He is always walking out now a days.

5. व्यवस्था दरशाने के लिए इस काल का इस्तेमाल किया जाता है।

उदा.—My bike is not working.

नीचे दिए गए प्रकार के क्रिया पद अपूर्ण वर्तमान काल में इस्तेमाल नहीं किए जाते, इसलिए उन क्रियापदों का अपूर्ण वर्तमान काल सामान्य वर्तमान काल से दरशाते हैं।

उदा.—I am seeing that man की जगह पर I see that man लीजिए।

1. क्रिया या मानसिक अवस्था दरशाने के लिए क्रियापद में ing प्रत्यय नहीं लगता।

उदा.—agree (मानना), disagree (अमान्य करना), believe (विश्वास रखना), this believe (विश्वास न रखना), force (ताकत),

forget (भूलना), imagine (कल्पना करना), know (जानना), recognise (लौकिक), recollect (फिर हासिल करना), remember (ध्यान में रखना), recall (याद आना) इत्यादि।

2. इच्छा व्यक्त करनेवाला क्रियापद।

उदा.—want (चाहिए), desire (इच्छा), need (आवश्यकता)

3. संवेदना दर्शक क्रियापद।

उदा.—hear (सुनना), smell (सूँघना), see (देखना), notice (समझना), taste (चखना)

4. पसंद या नापसंद दरशानेवाले क्रियापद।

उदा.—liked पसंद आना, dislike नापसंद होना, love प्यार करना, hate द्वेष करना, mind दिल पर लेना, object एतराज होना, please खुश करना, displease नाखुश करना, feel लगना, forgive क्षमा करना इत्यादि।

दिखने के संदर्भ के क्रियापद।

उदा.—appear प्रकट होना, look दिखना, same लगना, matter महत्त्व होना।

equal बराबरी करना, deserve पात्र होना, possess result परिणाम इत्यादि क्रियापदों को ing प्रत्यय आमतौर से नहीं लगता, इसलिए उनकी अपूर्ण क्रिया सामान्य वर्तमान काल से ही दरशाते हैं।

3. Present Perfect Tense
पूर्ण वर्तमान काल

Pattern in Assertive Affirmative विधानार्थी स्वीकारात्मक वाक्य में नीचे दिया गया है।

कर्ता + has/have + क्रियापद का तीसरा रूप।

Subject + has/have + p.p. of the verb क्रियापद का तीसरा रूप।

Mohan has done a good work. मोहन ने अच्छा काम किया है।

Exercise 10A—

नीचे दिए गए वाक्यों को अंग्रेजी में लिखिए—

1. उसने उसे नियंत्रित किया है।
2. मैंने अपना काम अभी-अभी खत्म किया है।
3. उसने वह सिनेमा देखा है।
4. अनीता ने उसको पहचाना है।
5. सुनील ने उसको चिढ़ाया है।

Pattern in interrogative sentence प्रश्नार्थक वाक्य में पूर्ण वर्तमान काल की रचना ऐसी होती है।

1. w/h – word + has/have + subject + v3 (क्रियापद का तीसरा रूप)

What have you eaten? तुमने क्या खाया है?

Exercise 10B—

नीचे दिए गए वाक्यों को अंग्रेजी में लिखिए—

1. तुम क्या लाए हो?
2. वह कहाँ गया है?
3. वैभव कब आया है?
4. उसने ये शब्द क्यों इस्तेमाल किए हैं?
5. यह घर तुमने कैसे बनाया है?

2. has/have + subject + v3 (क्रियापद का तीसरा रूप)

Has he done a mistake? उसने कुछ गलत किया है क्या?

Exercise 10C—

नीचे दिए गए वाक्यों को अंग्रेजी में लिखिए—

1. तुमने कुछ देखा है क्या?
2. मालिनी समय पर पहुँचती है क्या?
3. तुमने बीज बोया है क्या?
4. उसने भाषण दिया है क्या?
5. तुमने इन मुद्दों की नोंद की है क्या?

passive voice में पूर्ण वर्तमान काल की रचना ऐसे होती है।

object + has/have + been + p. p. of the verb (क्रियापद का तीसरा रूप)

उदा.— The book has been sold.
पुस्तक बिक गई है।

Uses of Present Perfect Tense
पूर्ण वर्तमान काल के उपयोग

1. अभी-अभी पूर्ण हुई क्रिया को दरशाने के लिए।

उदा.—He has finished the work just now.

2. बिल्कुल नजदीक के भूतकाल की क्रिया दरशाने के लिए इस काल का इस्तेमाल किया जाता है।

उदा.—I have just struck then.

3. भूतकाल के अनिश्चित समय पर हुई क्रिया को दरशाने के लिए।

उदा.—Have you read Othello?

4. भूतकाल में हो चुकी हो, मगर फिर भी जिस क्रिया का परिणाम वर्तमान काल पर कायम है, ऐसी क्रिया भी पूर्ण वर्तमान काल से दरशाते हैं।

उदा.—I have had my meals.
Kapil has created an everlasting record.
I have cut my finger, so it is bleeding now.

5. भूतकाल में शुरू होनेवाली, किंतु वर्तमान काल तक चलनेवाली क्रिया भी कभी-कभार पूर्ण वर्तमान काल से दरशाते हैं।

उदा.—We have lived here for ten years.
He has been ill since the last week.

4. Present Perfect Continuous Tense
सतत पूर्ण वर्तमान काल

Subject + has/have + been + (participle) verb + ing

प्रथम, द्वितीय या तृतीय पुरुष अनेकवचनी वस्तुओं के नाम के आगे have और तृतीय पुरुष एकवचनी कर्ता हो, तब has लीजिए और उसके बाद been+ participle यानी verb + ing.

We have been playing till now.

हम अभी तक खेल रहे हैं।

I/we/you/they/boys/have been working. मगर he/ she/it/Anil + has been walking, यह ध्यान में रखिए।

Exercise-11—

नीचे दिए गए वाक्यों को अंग्रेजी में लिखिए—

1. मोहन हमेशा पढ़ाई करता है।
2. हम बहुत समय से घूम रहे हैं।
3. सचिन फर्श चमका रहा है।
4. अनिल हमेशा कार चलाता है।
5. बच्चे हमेशा हँसते हैं।

प्रश्नार्थक स्वरूप में सतत पूर्ण वर्तमान काल ऐसा होता है।

wh + have/has + subject + been + verb + ing

What has he been reading ? वह क्या पढ़ रहा है ?

दूसरे प्रकार में have/has + subject + been + verb + ing

Have you been playing ?

तुम लोग खेल रहे हो क्या ? / रहे थे क्या ?

Present Perfect Continuous tense does not exist in passive form.

यह काल अकर्मक स्वरूप में नहीं होता।

Uses of Present Perfect Continuous Tense
सतत पूर्ण वर्तमान काल के उपयोग

1. भूतकाल शुरू होकर अभी भी चलनेवाली क्रिया दरशाने के लिए इस

काल का इस्तेमाल होता है।

उदा.—Mohan has been sleeping.

2. भूतकाल शुरू होकर कुछ देर चालू रहकर वर्तमान काल में ही उल्लेख होने से पहले कुछ क्षण कोई क्रिया पूर्ण हुई हो, तब वह भी इसी काल से दरशाते हैं।

उदा.—We have been singing a song till now.

3. कोई क्रिया भूतकाल में शुरू होकर वर्तमान काल में भी चल रही हो और भविष्य काल में भी चलने वाली हो, तब वह क्रिया इस काल से दरशाते हैं, हमेशा शुरू हो तब।

उदा.—We have been singing a song.

Present Tenses वर्तमान काल in A.V.

सामान्य वर्तमान काल	अपूर्ण वर्तमान काल	पूर्ण वर्तमान काल	सतत पूर्ण वर्तमान काल
I write a letter	I am writing	I have written	I have been writing
	a letter	a letter	a letter

Present Tenses in P.V.

सामान्य वर्तमान काल	अपूर्ण वर्तमान काल	पूर्ण वर्तमान काल	सतत पूर्ण वर्तमान काल
A letter is written by me	A letter is being written	A letter has been written	passive

Past Tense भूतकाल

1. Simple Past Tense or Past Indefinite सामान्य भूतकाल

स्वीकारात्मक विधानार्थी वाक्य में सामान्य भूतकाल ऐसा होता है।

subject + v2 (क्रियापद का दूसरा रूप)

उदा.—Mohan came yesterday.	मोहन कल आया।
It rained heavily last night.	कल रात बहुत बारिश हुई।

Exercise 12A—

नीचे दिए गए वाक्यों को अंग्रेजी में लिखिए—

1. वह घर गया। 2. उसने उसे पहचाना।
3. मैंने कल उसे बुलाया। 4. यह घर मेरे पिताजी ने बनाया।
5. वह ऐसे ही हँसा।

नकारात्मक विधानार्थी वाक्य में ऐसी रचना होती है।

subject + did not + v1 (Base form of the verb)

उदा.—He did not take tea. उसने चाय नहीं ली।

बोलते समय did not की जगह पर didn't लिया जाता है।
He didn't come.

Exercise 12B—

नीचे दिए गए वाक्यों को अंग्रेजी में लिखिए—

1. वह उसकी जगह पर नहीं बैठी। 2. मैंने गुनाह नहीं किया।
3. उसने कोई छेड़छाड़ नहीं की। 4. मोहिनी नहीं जागी।
5. वह नहीं आई।

प्रश्नार्थक वाक्य में wh + did + subject + verb (base form) मूल रूप where did he go ? वह कहाँ गया ?

Exercise 12C—

नीचे दिए गए वाक्यों को अंग्रेजी में लिखिए—

1. वह कब बोली? 2. अनिल देर से क्यों आया?
3. उसने उसका नया घर कहाँ बनाया? 4. माँ ने खाना कब बनाया?
5. तुम्हारी मदद किसने की?

Pattern in verbal question प्रकार।

Did + subject + v1 (base form of a verb)

Did she go to college? वह कॉलेज गई क्या?

Exercise 12D—

नीचे दिए गए वाक्यों को अंग्रेजी में लिखिए—

1. आप पिछले महीने यहाँ आए थे क्या?
2. उसने तुमसे कुछ कहा क्या?
3. उसने उस लड़की को चुना क्या?
4. वह कल थोड़ा हँसा क्या?
5. आप खेले क्या?

पैसिव में सामान्य भूतकाल object + was/were + v3 क्रियापद का तीसरा रूप

उदा.—A letter was written.

Exercise 12E—

नीचे दिए गए वाक्यों को अंग्रेजी में लिखिए—

1. पुस्तकें बिक गईं। 2. घर बनाया गया।
3. उसको मदद की गई। 4. माँ को बुलाया गया।
5. कागज चोरी हुए।

Uses of Simple Past
सामान्य भूतकाल का उपयोग

1. भूतकाल में हुई क्रिया को दरशाने के लिए। I received the letter yesterday, 2. कहानी बताते समय, 3. हो गई घटना का वर्णन करते समय इस काल का इस्तेमाल किया जाता है। उदा.—I heard a sudden cry. A boy was seen इत्यादि। 4. भूतकाल में अनिश्चित तरीके से घटी हुई क्रिया को दरशाने के लिए। He declared his decision (कब यह निश्चित रूप से दिया नहीं), 5. कभी-कभार भूतकाल में आदत बनकर घटनेवाली घटना को दरशाने के लिए भी सामान्य भूतकाल का इस्तेमाल किया जाता है। 6. मृत व्यक्ति के जीवन में घटी घटना को बताने के लिए King Ashoka ruled India in the past.

उदा.—Rahul studied for many hours yesterday.

Yesterday, day before yesterday, last year/months/ week hours, daily, ago, before ये शब्द भूतकाल दरशाते हैं।

Past Continuous or Past Progressive Tense
अपूर्ण भूतकाल

In assertive sentences, the pattern is as follows :

subject + was/were + participle v4 (verb + ing)

उदा.—She was selling books. वह पुस्तकें बेच रही थी।

Exercise 13A—

नीचे दिए गए वाक्यों को अंग्रेजी में लिखिए—

1. वह क्यों हँस रहा था ?
2. हम क्रिकेट खेल रहे थे।
3. माँ खाना बना रही थी।
4. कुणाल कुछ बता रहा था।
5. बच्चे गपशप कर रहे थे।

In interrogative sentences the pattern is (प्रश्नार्थक वाक्य रचना)

wh + was/were + subject + verb + ing (participle)

उदा.—what was he writing? वह क्या लिख रहा था?

Exercise 13B—

नीचे दिए गए वाक्यों को अंग्रेजी में लिखिए—

1. वह कहाँ जा रही थी? 2. वह हल कब चला रहा था?
3. सविता क्या चुन रही थी? 4. आप क्यों चिल्ला रहे थे?
5. राम क्यों हँस रहा था?

Second pattern of verbal questions प्रश्नार्थक अपूर्ण भूतकाल का

was /were + subject + verb + ing (participle)

उदा.—Was he playing cricket?

Exercise 13C—

नीचे दिए गए वाक्यों को अंग्रेजी में लिखिए—

1. वह क्या खा रहा था? 2. वह क्यों भाग रहा था?
3. शरीफ नया घर बना रहा था क्या? 4. सिद्धार्थ अभ्यास कर रहा था क्या?

in passive form, the pattern is

object + was/were + being + past participle (v3)

उदा.—A letter was being written. पत्र लिखा जा रहा था।

अभ्यास के लिए voice प्रकरण देखिए।

Uses of Past Continuous Tense
अपूर्ण भूतकाल के उपयोग

भूतकाल में कुछ समय पूर्व चलनेवाली क्रिया को दरशाने के लिए

उदा.—We were watching television when you came to us

कई बार भूतकाल में आदत बनकर घटनेवाली घटना भी अपूर्ण भूतकाल से दरशाते हैं। उदा.—He was attending college daily.

In those days; continuously in those days; during that period. ये शब्द इस काल का निर्देश करते हैं।

3. Indirect speech अगर to direct speech में अपूर्ण वर्तमान काल हो तब indirect में अपूर्ण भूतकाल होता है।
4. सामान्य भूतकाल के साथ When we reached her house, she was cooking.

उदा.—He said, I am learning English.
He said that he was learning English.

Past Perfect
पूर्ण भूतकाल

विधानार्थी पूर्ण भूतकाल में नीचे दी गई रचना होती है। subject + had + past participle (P.P.) of the verb (v3) के साथ क्रियापद का तीसरा रूप होता है। She had written a letter quite a long ago before. उसने बहुत समय पूर्व पत्र लिखा था।

Exercise 13D—

नीचे दिए गए वाक्यों को अंग्रेजी में लिखिए—

1. वह पहले से ही बाहर गई थी।
2. उसने कुछ तो किया था।
3. मैंने उसे बहुत पहले देखा था।
4. हम उसे पहचानते थे।
5. उसने पहले से ही मेरा उपदेश लिया था।

प्रश्नार्थक वाक्य में नीचे दी गई प्रकार की रचना होती है।

w/h + had + subject + v3 (क्रियापद का तीसरा रूप)

What had he eaten ? उसने कुछ खाया था ?

Exercise 13E—

नीचे दिए गए वाक्यों को अंग्रेजी में लिखिए—

1. वह कहाँ गया था ?
2. अनिल क्या लाय था ?
3. उसने कब दरवाजा तोड़ा था ?
4. उसे किसने मदद की थी ?
5. बाबर ने भारत पर कब हमला किया था ?

Pattern 2—

had + subject + past participle of the verb (v3) क्रियापद का तीसरा रूप had he gone on time ? वह समय पर गया था क्या ?

Exercise 13F—

नीचे दिए गए वाक्यों को अंग्रेजी में लिखिए—

1. वह कुछ खरीदकर लाया था क्या ?
2. उसने पुस्तक घुमाई थी क्या ?
3. उसने चाय ली थी क्या ?
4. तुमने वह बिल दिया था क्या ?
5. उसने बीज बोए थे क्या ?

पैसिव वॉइस में नीचे दी गई रचना होती है।

Object in the position of subject + had + been + v3

उदा.—The books had been torn.

पुस्तकें फटी हुई थीं।

Uses of Past Perfect Tense
पूर्ण भूतकाल के उपयोग

1. भूतकाल में विशिष्ट काल के पूर्व पूर्ण हुई क्रिया को दरशाने के लिए। (long past)

उदा.—I had seen him five years ago.

2. भूतकाल की किसी क्रिया के पूर्व घटी क्रिया को दरशाने के लिए।

उदा.—I had completed my letter before someone knocked at my door.

3. direct speech में सामान्य भूतकाल या पूर्ण वर्तमान काल हो, तब indirect speech में पूर्ण भूतकाल होता है।

उदा.—He said I wrote a letter.
He said that he had written a letter.
Mohan said, "I have done a good work."
Mohan said that he had done a good work.

4. In complex sentences, past perfect tense is used with such words as when, before, after, ones, as soon as और hardly when—ऐसे शब्दों के साथ पूर्ण भूतकाल इस्तेमाल किया जाता है।

उदा.—When I reached the platform, the train had already come या I reached the bus stand after the bus had gone. इत्यादि।

5. To indicate past hopes, expectations, intentions, desires भूतकाल की आशा, अपेक्षा व इरादा दरशाने के लिए इस काल का उपयोग होता है।

उदा.—We had hoped that you would pass.

6. भूतकाल में दो क्रिया घटी हो, तब पहले घटी क्रिया भूतकाल में और बाद में घटी क्रिया सामान्य भूतकाल में दरशाते हैं।
और बाद में घटी हुई क्रिया सामान्य भूतकाल से दरशाते हैं।

उदा.—He had gone out before I went to his house.

Past Perfect Continuous Tense
सतत पूर्ण भूतकाल

स्वीकारात्मक विधानार्थी वाक्य में सतत पूर्ण भूतकाल में ऐसी रचना होती है।

s + had + been + verb + ing (participle)
तब हम लगातार पूरा महीना उनके लिए काम कर रहे थे।

In interrogative form, the patterns are...
W/H + had + subject + been + participle (verb + ing)
उदा.—What had he been writing ? वह क्या लिखता था ?

had + subject + been + participle (verb + ing)

उदा.—वह लिखता था क्या ?

Exercise 14—

नीचे दिए गए वाक्य अंग्रेजी में लिखिए—

1. पूरे सप्ताह बारिश गिर रही थी।
2. हम उस समय बहुत अभ्यास करते थे।
3. वह उस विषय पर बहुत देर से बोलता था।
4. वह कुछ करता था क्या ?
5. वह क्या खाता था ?

इस काल का passive नहीं होता।

Uses of Past Perfect Continuous Tense
सतत पूर्ण भूतकाल के उपयोग

1. भूतकाल में विशिष्ट समय पूर्व शुरू हुए और बोले जाते समय जो क्रिया शुरू है, उस क्रिया को दरशाने के लिए इस काल का इस्तेमाल किया जाता है।

उदा.—1. At that time, I had been collecting some information.

2. A repeated action in the past perfect tense can sometimes be expressed as a continuous action by the Past Perfect Continuous Tense.

पूर्ण भूतकाल में क्रिया कभी-कभी सतत पूर्ण भूतकाल से दरशाते हैं।

उदा.—I had been mending the furniture till now.

This tense cannot be changed into passive. इस काल का पैसिव नहीं होता।

Past Tense

Simple Past	Past Continuous	Past Perfect	Past Perfect Continuous
सामान्य भूतकाल	अपूर्ण भूतकाल	पूर्ण भूतकाल	सतत पूर्ण भूतकाल
A.V. She took	She was taking	She had taken	She had been taking
tea.	tea.	tea.	tea.
P.V. Tea was	Tea was being	Tea had been	
taken by her.	taken by her.	taken.	

Future Tense

1. Simple Future Tense or Future Indefinite Tense

सामान्य भविष्य काल

स्वीकारात्मक विधानार्थी वाक्य में subject +v1 (मूल क्रियापद) ऐसी रचना होती है।

उदा.—Anil will take tea.

सामान्यतः प्रथम पुरुष कर्ता हो, तब shall और बाकी समय will का उपयोग करते हैं, यानी I या We के साथ भी shall आता है। निश्चितता हो, तब will लीजिए।

Exercise 15A—

नीचे दिए गए वाक्य इसी प्रकार अंग्रेजी में लिखिए—

1. मैं कल आऊँगा।
2. वह मुझे मदद करेगा।
3. हम कल प्राणी संग्रहालय में भेंट देने वाले हैं।
4. वह यह काम करेगा।
5. मैं उसकी प्रशंसा करूँगा।

भविष्य काल की क्रिया इस प्रकार दरशाते हैं।

1. **By Simple Present Tense** यानी सामान्य वर्तमान काल से।

उदा.—He leaves for Nanded tomorrow.
वह कल नांदेड़ जाने वाला है।

2. **By Present Continuous** अपूर्ण वर्तमान काल से।
2. जिस प्रसंग के पीछे कोई भी उद्देश्य या इच्छा या शक्यता नहीं हो, उस प्रसंग को बताते समय।

उदा.—She will be twenty next month.
How long will the work take ? इत्यादि।

3. In conditional clause, if या unless सहज वाक्यांश विशिष्ट परिस्थिति या शर्त दरशाते हैं, उन्हें सामान्य भविष्य काल में दरशाते हैं।

उदा.—If you work hard, you will get a reward.
Unless he comes, I will not come.

Future Continuous Tense or Future Progressive
अपूर्ण भविष्य काल

आसान और स्वीकारात्मक वाक्य में अपूर्ण भविष्य काल की रचना ऐसी होती है।

Subject + will/shall + be + verb + ing (participle)

Ex.—He will be coming tomorrow. वह कल आएगा।

नकारात्मक करते समय सिर्फ will या shall को not लगाएँ।

In interrogative sentences, following patterns are there :

प्रश्नार्थक स्वरूप में निम्नलिखित दो रचनाएँ संभाव्य हैं।

w/h + will/shall + subject + be + verb + ing (participle)

उदा.—What will he be doing tomorrow at this time?

वह कल इस समय क्या कर रहा होगा ?

दूसरी रचना will/shall + subject + be + verb + ing

Will he be reading something?

वह कुछ पढ़ता होगा क्या ?

Exercise 15B—

इसी प्रकार नीचे दिए गए वाक्य अंग्रेजी में लिखिए—

1. हम खेल देख रहे होंगे।
2. अध्यापक सिखा रहे होंगे।

अपूर्ण भविष्य काल के उपयोग

1. भविष्य काल में कभी तो अपूर्ण रहनेवाली क्रिया दरशाने के लिए इस काल का इस्तेमाल करते हैं। Mohan will be reading a book.
2. भविष्य काल में नियोजन से घटनेवाली क्रिया अपूर्ण भविष्य काल से दरशाते हैं।

   He will be meeting the manager next Monday.

Future Perfect
पूर्ण भविष्य काल

विधानार्थी स्वीकारात्मक पूर्ण भविष्य काल में इस प्रकार रचना होती है।

subject + will/shall + have + P.P. of the main verb

Anil will have written a letter. अनिल ने पत्र लिखा होगा।

Exercise 16A—

नीचे दिए गए वाक्य इसी प्रकार अंग्रेजी में लिखिए—

1. कल इस समय तक उसने यह काम पूरा किया होगा।
2. मैंने तुम्हारा घर देखा होगा।
3. मैंने उसे बुलाया होगा।
4. हमने घर बनाया होगा।
5. माँ ने चाय बनाई होगी।

प्रश्नार्थक वाक्य में इस प्रकार दो रचनाएँ संभव हैं।

w/h + will/shall + subject + have + P.P. of the verb (past participle)

Ex.—What will she have written ? उसने क्या लिखा होगा ?

will/shall + subject + have + P.P. of the verb (past participle)

Will we have taken tea ? हमने चाय ली होगी क्या ?

पैसिव वॉइस में पूर्ण भविष्य काल में इस प्रकार रचना होती है।

Object + will/shall + have + been + P.P. of the verb (past participle) क्रियापद का तीसरा रूप—पत्र कल इस समय तक लिखा गया होगा।

The letter will have been written by this time tomorrow.

Exercise 16B—

निम्नलिखित वाक्य अंग्रेजी में लिखिए—

1. कल इस समय तक वह काम पूरा हुआ होगा।
2. वह पकड़ा गया होगा।
3. इमारत बनाई गई होगी।
4. उसे निकाल दिया गया होगा।
5. कागज जमा किए गए होंगे।

पूर्ण भविष्य काल के उपयोग

1. To denote the action to be completed in the given future. भविष्य काल में विशिष्ट समयपूर्वक पूर्ण करने की क्रिया दरशाने के लिए इस काल का इस्तेमाल होता है।

उदा.—Mohan will have written a letter by this time tomorrow.
मोहन ने समय-पूर्व कल पत्र लिखा हुआ होगा।

Future Perfect Continuous
सतत पूर्ण भविष्य काल

स्वीकारात्मक विधानार्थी सतत पूर्ण भविष्य काल में इस प्रकार रचना होती है।

Subject + will/shall + have + been + verb + ing.

Mauli will have been eating a mango for a long time.

माउली बहुत समय तक आम खाने वाली होगी।

Exercise 16C—

इसी प्रकार निम्नलिखित वाक्यों को अंग्रेजी में लिखिए—

1. वह पुस्तक पढ़ता होगा। (पढ़कर पूरा किया होगा)
2. वह (बहुत देर) क्रिकेट खेलने वाला होगा।
3. वह (बहुत देर) कहानी सुना रही होगी।
4. माँ खाना बना रही होगी।
5. बच्चे कुछ तो लिख रहे होंगे।

यह काल सामान्यतः इस्तेमाल नहीं किया जाता। इसका पैसिव वॉइस नहीं होता।

प्रश्नार्थक वाक्य में पूर्ण भविष्य काल में निम्नलिखित दो रचनाएँ संभव हैं।
w/h + will/shall + have + been + verb + ing (participle).
What will have he been doing? वह क्या कर रहा होगा?

will/shall + subject + been + verbing? What will he have been telling something ? वह क्या बता रहा होगा ? Will she have been laughing ? वह हँसती होगी क्या ?

सतत पूर्ण भविष्य काल का उपयोग

भविष्य काल में शुरू होकर कुछ देर तक चलनेवाली और विशिष्ट समय में पूर्ण होनेवाली क्रिया दरशाने के लिए इस काल का इस्तेमाल किया जाता है।

Future Tense

Simple Future	Future Continuous	Future Perfect	Future Perfect Continuous
A.V. I shall	I shall be	I will have	I will have been
write a letter.	writing a letter.	written a letter.	writing a letter.
P.V. A letter	—	—	—
will be written	—	A letter will	—
	—	have been written	—

□

13

Sequence of Tense
काल का क्रम संबंध

एक वाक्य में एक मुख्य वाक्यांश और बाकी उस पर निर्भर एक या अधिक वाक्यांश होते हैं अथवा दो या दो से अधिक स्वतंत्र वाक्यांश (Compound Sentence sequence) होते हैं। ऐसे वाक्य में एक वाक्यांश के क्रियापद का काल और दूसरे वाक्यांश के क्रियापद का काल। इसमें एक विशिष्ट प्रकार का क्रम संबंध होता है, उसी को काल का क्रम संबंध अर्थात् sequence of tenses कहते हैं।

(1) मुख्य वाक्यांश का क्रियापद भूतकाल में हो, तब बाकी वाक्यांश का क्रियापद भूतकाल में ही होता है। (भूतकाल के सभी प्रकारों के साथ)

उदा.— He said that he was late.
Mohini said that she was tired then.
She said that her brother had gone out.

(2) मुख्य वाक्यांश का क्रियापद वर्तमान काल में हो, तब बाकी वाक्यांश का क्रियापद वर्तमान काल में (वर्तमान काल के सभी प्रकारों के साथ) होते हैं।

उदा.— Kavita says that she likes fruits.
He says that he is going to do this work.
He has done all that is necessary.

(3) मुख्य वाक्यांश का क्रियापद वर्तमान काल में हो और उसके

साथ के वाक्यांश की क्रिया भविष्य काल में हो, तब वह सामान्य भविष्य काल से दरशाते हैं।

उदा.—I think it will rain today.

(4) ऐसे वाक्य में मुख्य क्रियापद भूतकाल में हो और आगे के वाक्यांश के क्रियापद भविष्य काल की क्रिया दरशानेवाले हों, तब वे Conditional Future (would + v1) इस स्वरूप में आते हैं।

उदा.—Kavita thought that she would win the match.
अब इस प्रकार के Conditional Tenses का विचार करेंगे।

The Conditional (Clauses)

शर्त दरशानेवाले वाक्यांश या शर्त दरशानेवाले वाक्य और उनके क्रियापद के काल

(1) Present Conditional Tense शर्त दर्शक वर्तमान काल—

The pattern is as follows इनकी रचना ऐसी होती है।

subject + should/would + v1 (infinitive)

प्रथम पुरुष कर्ता हो, तब should औरों के लिए would

उदा.—I should do this work. मुझे यह काम करना चाहिए/ करूँगा।

He would help me. वह मुझे मदद करेगा।

नकारात्मक करते समय would या should को not लगाएँ।

उदा.—You would not take tea. I should not take tea.
In interrogative sentences, the patterns are as follows.

प्रश्नार्थक स्वरूप में w/h + would/should + subject + v1.
What would you eat?

तुम क्या खाओगे ?

would/should + subject + v1
Would you take tea?

तुम चाय लोगे क्या ? ऐसी रचना संभव है।

Uses of Present Conditional Tense शर्त दर्शक वर्तमान काल के उपयोग

(1) डायरेक्ट speech में सामान्य भविष्य काल का भूतकाली उपयोग

उदा.—He said, "I will come now." He said that he would come then.

(2) Special idiomatic uses of should and would.
should और would के विशिष्ट उपयोग में इस काल का इस्तेमाल किया जाता है।

उदा.—I would like to see Mr. Patki. यानी I went to sea Mr. Patki. और He would go there daily (भूतकाल की आदत) Would you please help me? (polite request) विनती। rather के साथ जैसे Mohan would rather listen, then talk himself.

(3) To show a hopeful wish. आशादायक इच्छा दरशाने लिए

उदा.—I wish the wind would stop blowing.

(4) In conditional sentence शर्त दरशानेवाले वाक्य में भी इस काल का उपयोग होता है।

उदा.—If you dropped it, it would explode.

(2) The Perfect Conditional Tense

This tense is formed as follows :
subject + should/would + have + P.P. of the verb (perfect infinitive)

उदा.—I should have studied hard. मुझे बहुत पढ़ाई करनी चाहिए थी या You should have taken tea. आपको चाय ले लेनी चाहिए थी।

□

14

Conditional Sentences
शर्त या परिस्थिति दर्शक वाक्य

परिस्थिति दर्शक वाक्यों के निम्नलिखित तीन प्रकार हैं—

- (पूर्ण हो सकनेवाली शर्त) इस प्रकार के वाक्य में शर्त पूरी हो सकती है।

  If you study hard, you will get the first prize. इस प्रकार के वाक्य में If के साथ का क्रियापद सामान्य वर्तमान काल में और दूसरे वाक्यांश का क्रियापद सामान्य भविष्य काल में होता है।

If you take tea	You will feel better
सामान्य वर्तमान काल	सामान्य भविष्य काल

इस प्रकार के वाक्यों में नीचे दिए गए प्रकार की रचना हो सकती है।

- If you work hard, you will get a reward.
- If you work hard, you can get a reward.
- Work hard and you will get a reward.
- If you want to get a reward, work hard.
- Should you want to win a prize, work hard.

(2) **Improbable Condition** (संभवत: ही पूर्ण हो सकनेवाली शर्त)

इन वाक्यों में शर्त पूरी होने की संभावना बिल्कुल न के बराबर होती है। इनमें पहला क्रियापद यानी If के साथ का क्रियापद सामान्य भूतकाल में और दूसरा क्रियापद शर्त दर्शक काल में होता है।

If you won a lottery, you would be a rich man.

सामान्य भूतकाल शर्त दर्शक वर्तमान काल

इस प्रकार के वाक्य में इस प्रकार की रचना संभव है।

If you tried again, you would succeed.

If you tried again, you might succeed.

If it stopped snowing, you can go out.

If I were you, I would treat him kindly.

(3) Impossible Condition (नामुमकिन शर्त)

इनमें शर्त पूरी नहीं की जा सकती, क्योंकि क्रिया पहले से ही हो चुकी है। इसमें If के साथ का क्रियापद पूर्ण भूतकाल में और दूसरा क्रियापद Perfect Conditional Tense में होता है।

If you had worked hard, you would have got the first prize.

If he had fallen through the ice, he would have drowned.

इस प्रकार नीचे दिए गए प्रकार की रचना संभव है।

- If he had seen you, he would have called you.
- If he had seen you, he might have helped you.
- If I had a pen, I could have written down the number of the car.
- Had we lived a century ago, we would have missed much fun.

ये सभी वाक्य unless के साथ हो सकते हैं।

□

15

Agreement of the Verb With the Subject क्रियापद कर्ता संबंध

काल का क्रियापद के स्वरूप पर असर तो होता ही है, मगर उसके अलावा वचन और पुरुष (प्रथम/द्वितीय/तृतीय) इस पर भी क्रियापद का स्वरूप निर्भर होता है, इसलिए निम्नलिखित सूची को ध्यान में रखिए।

(1) कर्ता की जगह पर दो या दो से अधिक एकवचनी नाम and (और) से जोड़े हुए हों, तब उनके सामने का क्रियापद अनेकवचनी होना चाहिए।

उदा.—Anil and Sunil are here.
Mohan and Sohan do not agree with me.
He and his friend have arrived.

(2) दो एकवचनी नाम एक ही व्यक्ति का उल्लेख कर रहे हों, तब आगे का क्रियापद एकवचनी लीजिए।

उदा.—The orator and Statesman is dead.
इस जगह पर the उपपद एक ही बार लिया गया है, क्योंकि orator और Statesman एक ही है, इसलिए।

(3) कर्ता की जगह आनेवाले दो नाम अगर एक ही कल्पना को दरशा रहे हैं, तब क्रियापद एकवचनी लीजिए।

उदा.—Slow and steady wins the race. Bread and milk is his food.

(4) अगर दो एकवचनी कर्ता हों और उनके साथ each या every शब्द हो, तब वह एकवचनी मान लीजिए।

उदा.— Every man and woman was ready, Each day and each hour brings something.

(5) दो एकवचनी नाम or, neither-nor, either-or से जोड़े हुए हों, तब कर्ता भी एकवचनी ही बनता है।

उदा.— Neither he nor she was praised. Neither food nor water was found there.

(6) दो नामों में से एक एकवचनी और दूसरा अनेकवचनी हो, तब अनेकवचनी नाम बाद में आता है और उसके हिसाब से अनेकवचनी क्रियापद आता है और उसके साथ or, nor आते हैं।

उदा.— Neither Rahul nor his friends have done this crime.

(7) कर्ता की जगह पर आनेवाले नाम (Nouns) अलग-अलग, यानी एकवचनी और अनेकवचनी हों और or अथवा nor से जोड़े हुए हों, तब बाद में आनेवाले यानी क्रियापद के नजदीक जो नाम होते हैं, उनके हिसाब से क्रियापद लीजिए।

उदा.— Either he or I am right.
Neither you nor she is to be blamed.

(8) पुरुष और वचन दोनों मामलों में अलग होनेवाले नाम जब and से जोड़े जाते हैं, तब क्रियापद पर हमेशा अनेकवचनी ही लिया जाता है।

उदा.— He and we are well.
His father and I have lived together.

(9) समुदायवाचक नाम (Collective Noun) यह एक समुदाय इस

अर्थ से आता है, तब उन्हें एकवचनी मान लीजिए। उदा.—The team has chosen its captain.

(10) कुछ Nouns नाम अनेकवचनी रूप में होते हुए भी अर्थ के दृष्टिकोण से एकवचनी हैं। उनके साथ एकवचनी क्रियापद आते हैं।

उदा.— Mathematics is an important subject. The news is true.

(11) कुछ Noun नाम एकवचनी रूप में होते हैं, मगर उनका अर्थ अनेकवचनी होता है। उनके साथ अनेकवचनी क्रियापद आता है।

उदा.— In the market, twelve dozen costs one hundred rupees.

(12) नीचे दिए गए एकवचनी कर्ताओं को ध्यान में रखिए।
Each of the members agrees with me.
Each of the girls was present.
Neither of the players was good.
A variety of pleasing objects charms the eye.
The quality of the mangoes is not good.

(13) एकवचनी कर्ता के साथ with, together, with, in addition to, as well as, along with ऐसे शब्दों से बाकी एकवचनी या अनेकवचनी शब्द जुड़े हुए हों, फिर भी कर्ता पर इसका कोई परिणाम नहीं होता है। कर्ता एकवचनी ही माना जाता है।

उदा.— The President with his companions was invited.
Justice as well as mercy allows it.
Arun as well as Suresh deserves praise.

इसके अलावा, पेज नंबर 84-85 पर if, unless, till, until, while के दिए हुए वाक्यों को देखिए और उनमें से क्रियापद के काल का संबंध ध्यान में रखिए।

Questions on Tenses

Tense काल पर सभी परीक्षाओं में निम्नलिखित तीन प्रकार के प्रश्न पूछे जाते हैं। काल के संदर्भ में और काल के अलग-अलग उपयोग के संदर्भ में जो जानकारी इसके पूर्व दी गई है, उसके आधार पर ये तीनों ही प्रकार के प्रश्न सुलझाए जा सकते हैं।

(1) हर एक वाक्य के आखिर में कोष्ठक में दिए गए क्रियापद का योग्य रूप इस्तेमाल करके वाक्य को फिर से लिखिए। वाक्य का अर्थ पहले ध्यान में लीजिए। वाक्य के बाकी शब्दों से और काल के दिए हुए उपयोग से क्रियापद का योग्य रूप तय करिए। वह योग्य रूप खाली जगह में भरकर वाक्य फिर से लिखिए।

नीचे दिए गए वाक्य बारहवीं और दसवीं की परीक्षा में पहले भी आ चुके हैं।

(1) He_____(work) in Bajaj industries since 1987.
इस वाक्य में विशिष्ट समय से चल रही क्रिया दी है, इसलिए सतत पूर्ण वर्तमान काल का उपयोग करना पड़ेगा।

Ans. He has been working in Bajaj industries since 1987.

(2) By the time the firemen arrived, the fire_____ (spread) in all directions.
इस जगह पर दो क्रियाएँ दी गई हैं। arrived क्रियापद द्वारा दरशाई हुई क्रिया के पहले ही spread द्वारा दरशाई हुई क्रिया हो चुकी है। आग बुझानेवालों आने से पहले ही आग फैल चुकी है, इसलिए वह क्रिया पूर्ण भूतकाल से दरशानी होगी।

Ans. By the time the firemen arrived, the fire had spread in all directions.
इसी प्रकार से हर एक वाक्य के संदर्भ में काल की निश्चिति काल का बारीकी से विचार करते समय दिए हुए अलग-अलग काल के उपयोग से तय कीजिए।

Exercise 17—

Fill in the blanks using suitable forms of the verbs in brackets.

हर वाक्य में कोष्ठक में दिए गए क्रियापद का योग्य रूप खाली जगह भरकर वाक्य फिर से लिखिए।

- He returned to the pavilion after____(complete) his century and every man____(jump) with joy.
- The man who____(speak) now is our candidate for the Assembly Constituency.
- Nilesh____(learn) to drive for some years now, but he still____(not pass) his driving test.
- Mr. Anil____(live) in Parbhani since 1990.
- By the time I____ (reach) the platform, the train ____(leave)

□

16

More About Adverb

क्रिया विशेषण के बारे में थोड़ा अधिक

क्रिया के बारे में, विशेषण के बारे में अथवा दूसरे किसी विशेषण के बारे में जानकारी बतानेवाले शब्द को Adverb, यानी क्रिया विशेषण कहा जाता है, यह हमने सीखा है। उदा.—Rama walks slowly.

slowly क्रियापद के बारे में जानकारी बताता है, I am having a very big bag. इसमें very यह big इस विशेषण के बारे में जानकारी बताता है और Mohan reads quite clearly—इसमें quite क्रिया विशेषण, clearly इस दूसरे क्रिया विशेषण के बारे में जानकारी देते हैं। जब क्रिया विशेषण वाक्य की शुरुआत में आते हैं, तब वे उस पूरे वाक्य के बारे में जानकारी बताते हैं। उदा.—Luckily he could escape. इसमें luckily यह क्रिया विशेषण पूरे वाक्य के बारे में जानकारी देता है।

Kinds of Adverbs क्रिया विशेषण के प्रकार—अर्थ के हिसाब से क्रिया विशेषण के 9 प्रकार होते हैं।

(1) **Adverbs of Time कालदर्शक क्रिया विशेषण :** काल या समय दरशानेवाले इन क्रिया विशेषणों को Adverbs of Time कहा जाता है। उदा.—now अभी, before पहले, lately पीछे, daily हर रोज, already पहले से ही, since उस समय से, formerly पहले, late देरी, ago पहले, soon जल्द ही, today आज, tomorrow कल, day after tomorrow

परसों, yesterday कल, day before yesterday परसों, at present फिलहाल, then तब, at that time उस समय इत्यादि।

(2) **Adverbs of Place स्थल दर्शक क्रिया विशेषण :** स्थल या जगह दरशानेवाले क्रिया विशेषण। उदा.—here यहाँ, there वहाँ, everywhere हर जगह, up ऊपर, within के अंदर, out बाहर, in अंदर, away दूर, near पास, backward पीछे, forward आगे इत्यादि।

(3) **Adverbs of Frequency आवृत्ति क्रिया विशेषण :** आवृत्ति दरशाने वाले क्रिया विशेषण। उदा.—twice दो बार, thrice तीन बार, many times बहुत बार।

often हमेशा, again फिर से, again and again फिर से और फिर से, frequently बारंबार, once एक बार, seldom यदा-कदा, always हमेशा, forever हमेशा के लिए इत्यादि।

(4) **Adverbs of Manner :** कोई क्रिया कैसे होती है, यह दरशानेवाले क्रिया विशेषण को Adverbs of Manner कहते हैं। उदा.—clearly स्पष्ट रूप से, slowly धीरे, well बहुत अच्छा, soundly दृढ़ता से, happily आनंद से, gladly खुशी से, sadly उदासी से, so ऐसे, bravely शौर्य से, thus इस प्रकार से, this way इस प्रकार से, loudly जोर से इत्यादि।

(5) **Adverbs of Reason कारण दरशानेवाले क्रिया विशेषण :** जो क्रिया विशेषण कारण दरशाते हैं, उन्हें Adverbs of Reason कहते हैं। उदा.—hence इस प्रकार से, therefore इसलिए, because क्योंकि इत्यादि।

(6) **Adverbs of Degree :** तर-तम भाव के क्रिया विशेषण। उदा.—too बहुत ज्यादा, almost करीब-करीब, fully पूरी तरह से, as...as के जैसे, so...as के जितने, partly अंशतः,

rather बल्कि, quite बिल्कुल, any किसी तरह, no better बेहतर नहीं, enough काफी, very बहुत ज्यादा।

(7) **Adverbs of Affirmation and Negation :** स्वीकार और नकार दरशानेवाले क्रिया विशेषण। उदा.—surely यकीनन, certainly निश्चित रूप से, not नहीं, not at all बिल्कुल नहीं इत्यादि।

उपयोग के हिसाब से एक ही क्रिया विशेषण दो अलग-अलग कार्य कर सकता है। उदा.—

- He plays delightfully. (Adverb of Manner)
- The weather is delightfully cool. (Adverb of degree)

Interrogative Adverb प्रश्नार्थक क्रिया विशेषण—जब क्रिया विशेषण प्रश्न में इस्तेमाल किया जाता है, तब उसे प्रश्नार्थक क्रिया विशेषण कहते हैं; मगर वह ऊपर दिए गए सात प्रकारों में से किसी प्रकार का क्रिया विशेषण बनकर उस वाक्य में कार्य करता है।

Where is your school? (Adverb of place)

How many boys are there in your class? (Adverb of number)

How high is Rajabai Tower? (Adverb of degree)

Why is Mohan tired? (Adverb of reason)

Exercise 18A—

नीचे दिए गए वाक्य में Adverb पहचानिए और वे किस प्रकार के हैं, यह वाक्य के सामने लिखिए।

Things are no better at present.

- Lata sings pretty well.
- Gopal writes neatly.
- Sambhaji fought bravely.

- Come here quickly.
- She went away.
- I have never seen him.

Formation of Adverbs—(क्रिया विशेषण बनाने के तरीके)

(1) सामान्यत: सभी Adverbs of manner शैली दर्शक क्रिया विशेषण विशेषण को ly प्रत्यय लगाकर बनाए जाते हैं। उदा.—

Adjective	**Adverb**
beautiful	beautifully
wise	wisely
quick	quickly
kind	kindly

(2) जिन विशेषण के आखिर में y होता है और उसके पहले ही व्यंजन हो, उनके क्रिया विशेषण बनाते समय y का i बन जाता है और उसके बाद ly प्रत्यय लगता है। उदा.—

Adjective	**Adverb**
ready	readily
heavy	heavily

(3) जिन विशेषणों का अंत le से होता है, उनमें e यह y बन जाता है और उनसे क्रिया विशेषण बनता है। उदा.—

Adjective	**Adverb**
single	singly
double	doubly

(4) कुछ क्रिया विशेषण (Adverb) एक नाम और एक विशेषण के मेल से बनते हैं। उदा.—

otherwise meanwhile midday
sometimes mean time

(5) कुछ क्रिया विशेषण a के साथ क नाम (Noun) लेकर बनते हैं। उदा.—

ahead, abroad, asleep, away.

(6) कुछ Adverbs एक विशेषण और एक preposition यानी संबंध सूचक अव्यय के एक साथ आने से बनते हैं।

उदा.—Abroad, along, aloud, a new, behind इत्यादि।

(7) कुछ Adverbs एक preposition और एक Adverb द्वारा एक साथ आकर बनाए होते हैं।
within (with + in) without (with + out)
beneath (be + neath) इत्यादि।

(8) कुछ Adverbs यह pronouns यानी सर्वनाम से बनते हैं। नीचे दिए गए क्रिया विशेषण the, he और who से बने हैं, उन्हें देखिए।

उदा.—He से here, hither और hence
The से there, thither, then, thence और thus
Who से where, whether, whence, when, how

(9) कुछ Adverbs क्रिया विशेषण संबंध-सूचक अव्ययों के साथ आकर संयुक्त क्रिया विशेषण Compound Adverbs बनाते हैं।

उदा.—There से thereby, therefrom, therein, thereto, thereon, therewith, thereafter; वैसे ही here से hereby, herein, hereafter, hereupon, herewith इत्यादि।

कभी-कभी दो क्रिया विशेषण and से जोड़े जाते हैं। उदा.—now and then, again and again, by and by, far and near, off and on, now and then, to and from इत्यादि। उदा.—

- I write to him again and again.
- Thus and thus only you will get ready.

Exercise 18B—

Q. Make Adverbs from the following :

(1) nature, (2) fear, (3) joy, (4) peace, (5) love, (6) art, (7) fault.

Q. Make Adverbs from the following :

(1) grateful, (2) regular, (3) rare, (4) adequate, (5) sudden, (6) wide, (7) brave.

□

17

Verbal Noun or the Gerund, Participle

धातु साधित नाम और धातु साधित विशेषण

- The girl is carrying a basket of flowers.
- I saw the girl carrying a basket of flowers.
- Carrying a basket is the girl's duty.

ऊपर दिए गए तीनों वाक्यों में Carry क्रियापद में 'ing' प्रत्यय लगाया है, इसलिए बने हुए Carrying शब्द के बाकी वाक्यों में क्या कार्य है, उस पर से उसे अलग-अलग नाम दिए जाते हैं।

- वाक्य क्र. 1 में carrying के सामने to be के सहायक क्रियापद is carrying उस वाक्य में क्रिया पद है, यह सहज ध्यान में आएगा।
- बीच में carrying शब्द girl नाम के बाद आया है और वह उस girl या नाम के बारे में जानकारी बता रहा है। यानी वह विशेषण का कार्य कर रहा है, इसलिए उसे Participle (धातु साधित विशेषण) कहा जाता है।
- बीच में carrying शब्द वाक्य की शुरुआत में वाक्य के कर्ता की जगह आया है। उसके पहले to be का सहायक क्रियापद नहीं

है। वह शब्द इस वाक्य में Gerund का काम कर रहा है। उसे Gerund कहा जाता है। धातु साधित क्रियापद Participle and Gerund इनमें अंतर जानकर उनकी पहचान कर लेने के बाद उसमें से Gerund और Participle का हम विस्तार से विचार करने वाले हैं। क्रियापद का विस्तार से अभ्यास हमने इससे पहले किया है।

प्रथम-1 Gerund—धातु साधित नाम

नीचे दिए गए वाक्यों को देखें—

- Killing snakes is disadvantageous to farmers.
- I like reading poetry.
- He is fond of singing songs.

कर नहीं सकते। वह कर्ता नहीं है। वह शब्द सिर्फ क्रिया दरशाता है; मगर जो कर्ता नहीं है, ऐसे शब्द को infinitive कहते हैं। Infinitive की व्याख्या इस प्रकार कर सकते हैं।

to के साथ या to के बिना क्रियापद का मूल रूप जब वाक्य में कर्ता के लिंग, पुरुष या वचन से प्रभावित नहीं होता और कर्म होता है, मगर कर्ता नहीं होता और वह वाक्य में कर्ता या कर्म का काम कर सकता है, उसे infinitive कहते हैं। infinitive, Gerund, infinitive और Participle इनकी प्रारंभिक पहचान और उनमें अंतर हमने समझ लिया है। अभी उनमें से हर एक के प्रकार और तपशील का विचार करेंगे।

The Gerund—

Gerund का यह उदाहरण देखिए। Hunting is a hobby. इस वाक्य में Hunting वाक्य का कर्ता बनकर काम कर रहा है।

(2) Girls like painting. इस वाक्य में painting gerund वाक्य का कर्म है।

(3) I am fond of collecting information. इस वाक्य में

collecting यह gerund, यह of इस preposition के बाद आया है। वह object of the preposition होता है।

Compound Gerund—जिस Gerund में having have के Gerund के बाद या be being के Gerund के बाद मुख्य क्रियापद का तीसरा रूप होता है, उसे Compound Gerund कहते हैं।

उदा.—Mohan is charged with having sheltered the terrorists.

Kavita is desirous of being praised.

Uses of Gerund: Gerund के उपयोग—

(1) As a subject of a verb वाक्य का कर्ता बनकर—

उदा.—Reading books is a good hobby.

(2) As an object of a transitive verb सकर्मक क्रियापद का कर्म बनकर—

उदा.—Start singing. Girls like making rangoli designs. I like reading poetry.

(3) As an object of preposition संबंध-दर्शक अव्यय का कर्म बनकर—

उदा.—Mohan is tired of waiting. Kavita is fond of singing.

(4) As a complement of a verb क्रियापद का पूरक बनकर—

उदा.—Seeing is believing. What I most dislike is cheating.

Uses of infinitive :

(1) As a subject of a verb क्रियापद का कर्ता बनकर—

To help our friend is our duty.

(2) As the object of a transitive verb क्रियापद का कर्म बनकर—

I want to read a book.
He does not like to play cricket.

(3) As the complement of a verb क्रियापद का पूरक बनकर—

The greatest pleasure is to dance.

(4) As a object of a preposition संबंध-दर्शक अव्यय का कर्म बनकर—

I am about to begin my speech.
She had no choice but to obey.

(5) As an object complement कर्म का पूरक बनकर—
Mohini saw him go.

(6) To qualify a noun नाम के बारे में जानकारी बताते समय—
He is a man to be admired. (passive infinitive)

(7) To qualify an objective विशेषण के बारे में जानकारी बताते समय, जैसे—
This medicine is present to take.
The girls are anxious to leave.

(8) To qualify a verb क्रियापद के बारे में जानकारी बताते समय—

We eat to live.

She wept to see the destruction. Infinitive passive form में भी हो सकते हैं। जैसे to take का passive 'to be taken' होता है।

to have love का to have been loved होता है इत्यादि।

More about Infinitive—

Hearing the bell, the passengers got up.

इस वाक्य में Hearing शब्द passengers नाम के बारे में जानकारी

बताता है और the bell उसका कर्म है। यानी वह क्रियापद बनकर और विशेषण बनकर दोनों कार्य करता है। उसे Participle कहते हैं।

Definition : 'ing' प्रत्यय लगाया हुआ ऐसा क्रियापद शब्द, जो वाक्य में विशेषण बनकर भी काम करता है और एक कर्म का क्रियापद भी होता है, उसे Participle कहते हैं।

नीचे दिए गए वाक्यों में participle अधोरेखित कीजिए। (अगर हो तो)

- She met a boy carrying a bag with him.
2. Slowly knocking on the gate, he asked for admission.

Kinds of Participle :

(1) Present Participle :

उदा.—Folding her hands, she greeted the guest.

(2) Past Participle :

उदा.—Deceived by his brothers, he lost his hope.

(3) Perfect Participle :

उदा.—Having rested, we could be fresh.

संक्षेप में ध्यान में रखिए। Participle Verbal Adjective होते हैं।

Participle Active और Passive होते हैं।

Active	**Passive**
Taking	Being taken
Having taken	Having been taken

Following are the uses of Participle पार्टीसिपल के उपयोग—

(1) Attributively कर्ता के लिए—

उदा.—A rolling stone gathers no mass.

(2) Predictive कर्म के लिए—

उदा.—He kept me waiting.

(3) Absolutely with a noun or a pronoun going before पहले के नाम या सर्वनाम के लिए—

उदा.—The sea being smooth, we went for sail.
God willing, we shall have another good monsoon.

Questions on Gerund Participle and Infinitive

बहुत सी परीक्षाओं में Gerund की जगह पर Infinitive या Infinitive की जगह पर Gerund का उपयोग करने के लिए प्रश्न पूछे गए हैं। इसलिए Gerund और Infinitive के स्वरूप को ध्यान में रखना आवश्यक है।

नीचे दिए गए प्रश्नों को देखिए—

(1) The food is the most essential factor in building and maintaining health.
[Remove the underlined gerund and use infinitive form of the same]

Ans. The food is the most essential factor to build and maintain health.

(2) To die is better than to surrender.
[Rewrite the sentence using Gerund]

Ans. Dying is better than surrendering.

(3) Courage is sticking to your post in danger.
[Make use of infinitive form of the verb and rewrite]

Ans. Courage is to stick to your post in danger.
इसके अलावा दो वाक्य दिए जाते हैं और वे Infinitive या Gerund का इस्तेमाल करके जोड़ने को कहा जाता है।

नीचे दिए गए प्रश्नों को देखिए—

(1) He wants a cup of water. It should be boiling.
[Rewrite using present participle as an adjective and make a simple sentence]

Ans. He wants a cup of boiling water.

(2) Every country has a government. It looks after its progress.
[Join the sentences using infinitive of the underlined verb]

Ans. Every country has a government to look after its progress.

Exercise 19—

अभ्यास के लिए अधिक प्रश्न। ये सभी प्रश्न बारहवीं की परीक्षा में पूछे गए हैं।

- It is however difficult to explain the origin of speech.
  [Use 'ing' form of the verb underlined]
- She is working in an exclusively male dominated domain.
  [Use infinitive form of the verb underlined]
- I regret saying it wasn't true.
  [Rewrite using infinitive form of the verb underlined]
- It is better to starve than to beg.
  [Rewrite using gerund form of the verb underlined]
- But he refused to do so.
  [Rewrite the sentence using gerund]
- Thinking of their daily bread and butter is useful for them.

[Rewrite the sentence using the infinitive of the underlined word]

- <u>Overtaking</u> the record was a mere formality.
[Rewrite using infinitive form of the word underlined]

□

18

Preposition
संबंध-दर्शक अव्यय

Correct Use of Prepositions :
संबंध-दर्शक अव्यय और उनके योग्य उपयोग :

दो नाम या सर्वनाम में संबंध अथवा स्थिति दरशानेवाले शब्द को संबंध-दर्शक अव्यय कहते हैं, यह हमने सीखा है। अब हमें संबंध-दर्शक अव्यय के प्रकार और उपयोग का विचार करना है।

Prepositions संबंध-दर्शक अव्यय दो नाम के बीच का (nouns) संबंध दरशाते हैं। उदा.—

- There is a pen in the box.

  N N

(2) कभी-कभी संबंध-दर्शक अव्यय नाम के विशेषण से संबंध दरशाते हैं।

उदा.—Mohan is fond of tea.

Adj N

(3) कुछ वाक्यों में संबंध-दर्शक अव्यय नाम और क्रियापद के बीच का संबंध दरशाते हैं।

उदा.—The dog jumped off the table.

V N

Preposition जिस नाम या सर्वनाम से संबंधित होता है, उस नाम को

या सर्वनाम को उस संबंध-दर्शक अव्यय का object कहा जाता है। कुछ वाक्यों में दो object के लिए एक ही preposition संबंध-दर्शक अव्यय होता है।

उदा.—The lambs ran over hill and plain.

Prep. 1 2

Kinds of Prepositions संबंध-दर्शक अव्यय के प्रकार—

- Simple Preposition किसी भी प्रत्यय के बिना (without any suffix or prefix) आनेवाले preposition को simple preposition सामान्य संबंध-दर्शक अव्यय कहते हैं।

उदा.—at, by, for, in, of, on, out.

सामान्यत: a या be प्रत्यय नाम या विशेषण को या क्रिया विशेषण को लगाने पर इस प्रकार के संबंध-दर्शक अव्यय बनते हैं। उदा.—a + long = along, उदा.—about, above, along, amidst, across, among, before, beyond, between, behind, below, beneath, beside, outside, within, underneath इत्यादि।

(3) Phrase Preposition वाक्य प्रचार के संबंध-दर्शक अव्यय। वाक्य प्रचार के साथ आनेवाले संबंध-दर्शक अव्यय का इस प्रकार में समावेश किया जाता है। उदा.—in front of, in place of, in spite of, according to, along with, because of, by virtue of, for the sake of, on account of, in favour of, with regard to इत्यादि कुछ संबंध-दर्शक अव्यय Adverb (क्रिया विशेषण) के तौर पर इस्तेमाल किए जा सकते हैं, इसलिए किस वाक्य में वह Adverb (क्रिया विशेषण) है और किस वाक्य में संबंध-दर्शक अव्यय है, यह पहचान में आना जरूरी है।

नीचे दिए गए वाक्यों को देखिए।

Has Mohan come in?

Adverb

Is Mohan in his room?
Preposition

जब वे संबंध-दर्शक अव्यय नहीं होते, तब वे किसी नाम या सर्वनाम का संबंध दरशाते हैं और क्रिया विशेषण हो, तब क्रिया के बारे में जानकारी बताते हैं। कुछ उदाहरणों को देखिए।

Let us move on.
Adverb

The pen lies on the table.
Preposition

His mother arrived soon after.
Adverb

Exercise 28A—

Point out the prepositions from the following :

- Anita looks after her books.
- I could not come before.
- I came the day before yesterday.
- Come on, go ahead.
- He sat on the sand.

किस प्रकार के संबंध का निर्देश करते हैं, उन पर preposition (संबंध-दर्शक अव्यय) के प्रकार निम्नलिखित हैं।

- The man was below fifty
- There was a lake below the mountain.
- The road is under repair.

- Fifty persons work under him.
- The weary man was standing under a tree.
- There are roots beneath the earth.

नीचे दिए गए preposition (संबंध-दर्शक अव्यय) position दरशाने के लिए जब इस्तेमाल होते हैं, तब उनका अर्थ इस प्रकार होता है। at = के बीच में, in = अंदर, on = के ऊपर, above = के ऊपर, over = सीधे ऊपर, behind = पीछे, below = नीचे, beside = बगल में, under= नीचे, across = के ऊपर से, between = दोनों के बीच में, within = के अंदर, along = के बगल से, among = के बीच में।

(2) समय का निर्देश करनेवाले संबंध-दर्शक अव्यय को preposition of time कहते हैं, ये अव्यय और उनके अर्थ निम्नलिखित हैं।

from Sunday = इतवार से, after this week = इस सप्ताह के बाद, during the summer vacation = गरमियों की छुट्टी के दरमियान, till Tuesday = मंगलवार तक, before 10 a.m. = 10 बजने से पहले, at 7 p.m. = शाम 7 बजे, on Monday = सोमवार को, on the right time= समय पर, in the last week = पिछले हफ्ते में, in a week = एक हफ्ते में, within = के अंदर, by 6 p.m. = शाम को 6 बजे तक, for 2 days = दो दिन के लिए, since last Sunday = पिछले इतवार से, throughout the year = पूरे साल, within a month=एक महीने के अंदर।

इनमें से कुछ महत्त्वपूर्ण preposition के उपयोग के संदर्भ में नीचे दी गई सूची को ध्यान में रखिए।

- At is used with a definite point of time at. यह अव्यय विशिष्ट समय दरशाने के लिए इस्तेमाल किया जाता है।

At 5 a.m. at this moment, at this time.

At is also used to show certain occasions or festival. विशिष्ट त्योहार या प्रसंग को दरशाने के लिए भी at का इस्तेमाल किया जाता है।

At Durga Puja, at Diwali and Dussehra.

(2) On is used with more general points of time then at on से विशेषत: दिन, तारीख का निर्देश किया जाता है।

उदा.—On 25th December

'in' is used to show the parts of the day, month, year, season दिन, महीना, वर्षा, ऋतु का निर्देश करते समय in का उपयोग करते हैं।

उदा.—In the evening, in 1970 in winter.

In is also used with the future tense to show the period in which an action will happen. In यह भविष्य काल का भी निर्देश करते हैं।

उदा.—I shall be back in a week.

यहाँ in की जगह पर within लिया जाए, तब उसका अर्थ वह हफ्ता खत्म होने के पूर्व ऐसा होता है। I shall be back within a week.

by : by यह अव्यय भविष्य काल के ऐसे समय का निर्देश करता है, जिस समय तक कोई कृति पूर्ण हुई हो।

उदा.—I shall have completed my work by 6 p.m. tomorrow.

I shall finish my work by 7 p.m. tomorrow.

for : किसी कृति के लिए लगनेवाला समय दरशाने के लिए for का इस्तेमाल करते हैं।

उदा.—He has been playing for 3 hours.

She has come here for a week.

since : किसी कृति की शुरुआत का निश्चित समय दरशाने के लिए

यह अव्यय इस्तेमाल करते हैं। I have been teaching English since 1971 (definite period).

during : किसी कृति का विशिष्ट समय दरशाने के लिए during का इस्तेमाल करते हैं।

उदा.—I read Shakespeare during the summer vacation.

from : से—विशिष्ट कृति की शुरुआत का समय दरशाने के लिए from का इस्तेमाल करते हैं।

उदा.—The examination will commence from 20th of this month.

(3) Preposition of direction : दिशा-दर्शक संबंध-दर्शक अव्यय

अव्यय the prepositions indicating directions are called the preposition of direction. दिशा का निर्देश करनेवाले संबंध-दर्शक अव्यय को दिशा-दर्शक संबंध-दर्शक अव्यय कहते हैं।

to के पास, towards के पास, into के अंदर (बाहर से), at के पास, for के लिए, from तरफ से, against के विरुद्ध, out of के बाहर, यह दिशा-दर्शक संबंध-दर्शक अव्यय है। उनके उपयोग के संदर्भ में यह ध्यान में रखिए।

To और **Towards** : To show destination and towards shows direction to यानी के पास। She went to college towards यानी की दिशा में।

He went **towards** the college कॉलेज की दिशा में। **Into :** denotes movement towards the interior of something के अंदर की दिशा में उसका अर्थ होता है।

उदा.—Mohini jumped into the well यानी मोहिनी ने बाहर से

कुएँ में छलाँग लगाई, मगर Mohan is swimming in the well यानी मोहन कुएँ में तैर रहा है।

at : denotes aim की दिशा में He was looking at the wall. She threw a stone at the dog. At, to और towards, इनमें से अंतर पहचानने के लिए नीचे दिए गए उदाहरण का अभ्यास कीजिए।

- Kishan threw a stone **at** the bird. (यानी किशन ने पत्थर पंछी की दिशा में फेंका)
- Kishan threw a stone **to** the bird. [किशन ने एक पत्थर पंछी की तरफ फेंका (उस तक पहुँचा)]
- Kishan threw a stone **towards** the bird. (जिस दिशा में पंछी था, उस दिशा में फेंका)

for : is used in a phrase to denote direction when the verb shows the beginning of a movement.

He leaves **for** Nanded tomorrow.

against : के विरुद्ध दिशा में, विरोध या विरुद्ध दिशा दरशानेवाले अव्यय।

I threw the ball against air.

I am against this policy. (अलग अर्थ)

from : से, दिशा से It shows the point of departure.

उदा.—He bought the book from the shop.

off : Source separation: off अलग करना दरशाता है।

उदा.—Take your hands off your pocket.
She fell off the cycle.

out of : के बाहर (अंदर से बाहर) It is opposite of **into**. It means from the interior of अंदर से बाहर into, यह out of के विरुद्ध है।

उदा.—He took a few books out of the bag.
She went out of the office.

ऊपर दिए गए तीन कार्यों के अलावा prepositions situation परिस्थिति, manner पद्धति, cause कारण, purpose इरादा, possession अधिकार, rate दाम, measure नाप, value मूल्य, contrast विरोध, source साधन, origin उद्गम इत्यादि का भी निर्देश करते हैं। इसके अलावा, एक ही preposition अलग-अलग कार्य कर सकता है।

She will start her work from tomorrow. इत्यादि।

in यह किसी कालावधि के खत्म होने का निर्देश करता है। within उसकी मर्यादा दरशाता है और for अनिश्चित कालावधि दरशाता है। नीचे दिए गए उदाहरणों को देखिए।

- I shall return **in** one hour.
- He plays **for** one hour.
- He will finish his work **within** one week.

beside = बगल में और **besides** यानी in addition to = उसके बिना।

He lives beside the post office.
Besides his sons, his daughters attended the function.

नीचे दिए गए मुद्दों को ध्यान में रखिए।

after=मतलब बाद में। इसमें एक प्रकार का क्रम होता है।

उदा.—He came **after** me.

Along मतलब उसी दिशा में।

उदा.—I am wandering along the sea shore.

before का अर्थ कुछ समय पूर्व और in front of = के सामने। The thief was brought before the police. इसके विरुद्ध behind होता है। She stood behind the wall.

by यह अव्यय nearness नजदीकी दरशाने के लिए कभी-कभी इस्तेमाल किया जाता है।

उदा.—She sat by the fireplace.

of यानी का, की, से, के बारे में, के मालकी, का, में से एक होता है। इसके तीन-चार उपयोग हैं।

उदा.—She died **of** Cancer. The teachers always talk **of** you.

One door **of** this house is broken.

The elder brother is more intelligent **of** the two.

Through means across the interior=के बीच से।

I saw him through the glass.

up denotes motion to higher place. up s की दिशा में हलचल दरशाता है। She climbed up the mountain.

दसवीं से प्रतियोगी परीक्षा तक सभी परीक्षाओं में संबंध-दर्शक अव्यय के ऊपर निम्नलिखित प्रश्न पूछे गए हैं।

Exercise 20B—

Fill in the blanks with the correct preposition from those given in brackets at the end of each sentence.

नीचे दिए गए वाक्य में खाली जगह हर वाक्य में कोष्ठक में दिए गए संबंध-दर्शक अव्यय में से योग्य अव्यय का प्रयोग करके वाक्य को फिर से लिखिए।

- It is very bad to jeer_____ the poor. (at, to, into)
- The boys rested_____ a tree. (below, under, down)
- Mohan is tired_____walking. (of, from, off)
- She stared_____me in anger. (at, on, in)
- They have troubled us_____the beginning. (from, since, for)

Exercise 20C—

Fill in the blanks with suitable prepositions.

- No sooner had he started climbing ____ the mountain than one of my friends was out of breath.
- The old man needs shelter ____ money.
- Can you distinguish ____ these two words.
- His name was ____ mine in the list.
- I have always been ____ the impression that he was ____ this sort of meanness.

Exercise 20D—

Fill in the blanks with appropriate prepositions from those given in brackets.

नीचे दिए गए वाक्य में खाली जगह में कोष्ठक में दिए गए संबंध-दर्शक अव्यय में से योग्य अव्यय का प्रयोग करें।

- Mohan tried to take him out ____ his fears. (of, at, in)
- While we were sitting ____ the fire, our grandmother told us story. (by, in, out)
- It was too hot so we decided to stay for some time ____ a tree. (by, under, from)
- Most of them go ____ a Church on every Sunday. (to, in, into)
- I met my friend ____ a corner. (in, out, from)

□

19

Conjunctions : Uses

समुच्चयबोधक अव्यय और उनके उपयोग

दो शब्दों को या दो वाक्यों को जोड़नेवाले शब्द को **Conjunction** यानी समुच्चयबोधक अव्यय कहते हैं, यह आपने पहले पढ़ा है।

उदा.—And, or, since, for, because, if, that, then, while, except and without इत्यादि।

Kinds of conjunctions : समुच्चयबोधक अव्यय के प्रकार—
Conjunctions are of two types

(1) **Correlative conjunction or correlatives :** The conjunctions used in pairs are called correlative जोड़ियों में इस्तेमाल होनेवाले समुच्चयबोधक अव्यय conjunctions such as either...or, neither...nor इत्यादि।

(2) **Compound conjunctions :** संयुक्त समुच्चयबोधक अव्यय—
When compound expressions are used as conjunctions, they are called compound conjunction, such as in order to, provided that, even if, as well as, as soon as इत्यादि।

Classes of conjunctions : समुच्चयबोधक अव्यय के वर्ग—
Conjunctions are divided into two classes :

(1) **Co-ordinating Conjunctions :** सममित समुच्चयबोधक अव्यय और

(2) **Subordinating Conjunctions :** विषाममित समुच्चयबोधक अव्यय

(1) **Co-ordinating Conjunctions :** एक समान श्रेणी के वाक्यांशों को या बराबर महत्त्ववाले विधानों को जोड़नेवाले समुच्चयबोधक अव्यय को Co-ordinating conjunction कहते हैं। उदा.—either...or, neither...nor, but and etc.

(2) **Subordinating Conjunctions :**
A Subordinate conjunction joins one clause to another on which it depends for its full meaning. जब एक वाक्यांश अर्थ के लिए दूसरे वाक्यांश पर निर्भर होता है, तब उन दो वाक्यांशों को जोड़नेवाले अव्यय को Subordinate Conjunction कहते हैं।

उदा.—while, where, as, unless, before, till, although, though, because, after, that, etc.

Kinds of Co-ordinating Conjunctions :

Co-ordinating Conjunctions are of following four kinds :

Co-ordinating Conjunctions के निम्नलिखित और चार उप-प्रकार या उप-वर्ग हैं।

- एक विधान को दूसरे विधान से जोड़नेवाले

उदा.— He came to me and he helped me. We carved not a line and we raised not a stone.

- दो विधानों में एक-दूसरे से विरोध दरशानेवाले अव्यय

उदा.— She is weak **but** she works hard.
Rahul is annoyed, **still** he kept quiet.

- दो पर्याय में नियुक्ति व्यक्त करनेवाले अव्यय

उदा.— He must be helped or he will fail.

Either he is mad or he feigns madness.

- निष्कर्ष या अनुमान दरशानेवाले अव्यय

उदा.— They might not have studied for they have failed.

विषममित समुच्चयबोधक अव्यय के उपयोग के अनुसार नीचे दिए गए छह प्रकार हैं।

- समय दरशानेवाले समुच्चयबोधक अव्यय

उदा.— before, after, till, since,

She returned home after her friend had gone.

- कारण दरशानेवाले समुच्चयबोधक अव्यय

उदा.— because, as, so, since

Since you wish, I shall do it.

- हेतु दर्शक समुच्चयबोधक अव्यय

उदा.— that, least

We eat that we may live.

- परिणाम-दर्शक समुच्चयबोधक अव्यय

उदा.— That, so—that

He was so weak that he could not stand.

- शर्त दरशानेवाले समुच्चयबोधक अव्यय

उदा.— if, till, unless, until

I shall come to you if you offer me a cup of tea.

6. सहूलियत दरशानेवाले समुच्चयबोधक अव्यय

उदा.— Though, although

Though he was allowed, he did not come.

7. तुलना दर्शक समुच्चयबोधक अव्यय

उदा.— as—as

She runs faster than I run.

विविध परीक्षाओं में conjunctions के उपयोग पर सामान्यतः नीचे दिए गए तीन प्रकार के प्रश्न पूछे जाते हैं।

Exercise 21A I—

Q.(i) Fill in the blanks with appropriate conjunctions:

- Wait here ____ I come.
- Be careful ____ you shall fall down.
- He remained at home ____ he was sick.
- He finished first ____ he began late.
- Make haste ____ you will be late.

Exercise 21A II—

Q.(ii) Point out the conjunctions in the following sentences and state what class they belong to :

- Mohan waited there till the rain came.
- We reached there after you had gone.
- Wait here till I come.
- Since you are there, I must join the party.
- Mohan will get the prize if he deserves it.

Q.(iii) Combine the following pairs of sentences using appropriate conjunctions :

- I had gone to bed. The thief broke into the house.

  (combined using hardly...when)

इस प्रकार से अलग-अलग सूचना देना संभव होने की वजह से समुच्चयबोधक अव्यय की सभी प्रकार की व्याख्या और उनके उदाहरण का

हमने अभ्यास किया है और हर एक प्रकार के अव्ययों का प्रयोग हम देखेंगे।

(1) Use of because, for and since : because यानी कारण की, for यानी भी कारण की, मगर थोड़ा दुर्बल कारण और since यानी ऐसा होने से। इनमें से किसी भी समुच्चयबोधक अव्यय का उपयोग करने के लिए दो वाक्य दिए जाएँगे। उनमें से एक वाक्य में विधान और दूसरे में कारण दिया होगा। वाक्य का क्रम कैसे भी हो सकता है।

If के प्रयोग

(1) If का प्रयोग शर्त दरशाने के लिए करते हैं।

उदा.—If you help me, I shall help you.

(2) To show supposition किसी बात को मानकर विधान बनाने के लिए

उदा.—If he is present there, I shall talk to him.

(3) Just like whether प्रश्नार्थक वाक्य में डायरेक्ट को इनडायरेक्ट करते समय दो वाक्यांशों को जोड़ने के लिए। उदा.—

- He said, "Are you ready?"

Ans. He asked whether/ if he was ready.

(2) She asked Mohan if he was late.

Combine the following sentences using if :

- You should keep your promise. In that situation, you are respected in the society. (use if) If you keep your promise, you are respected in the society.
- Stand at the crossing of AIMS Delhi. You are confronted with the problem. (use if)

Unless के उपयोग

Unless यह if का नकारात्मक रूप है। Unless यानी if...not. If की जगह पर unless का प्रयोग करने के लिए निम्नलिखित दो प्रकार के वाक्य दिए जा सकते हैं—

- दिए हुए वाक्य में दोनों वाक्यांश स्वीकारात्मक होनेवाले वाक्य
  If you help me, I shall help you. (use unless)
  Unless you help me, I shall not help you.

पहले वाक्य में If की जगह पर unless लिया गया है और उसमें नकारात्मक क्रियापद को स्वीकारात्मक बनाया गया है। दूसरा वाक्यांश जैसा है, वैसे ही लिया गया है।

Exercise 22A—

Rewrite the following sentences replacing 'if' by unless

- If you take tea, you will feel better.
- If you reach the station in time, you will get the train.
- He may not be selected, if he does not practise hard.
- If she does not sing the songs, people will not be pleased.
- If you spare a little time, you can solve this problem.
- If she cannot know the answer to this question, her name should not be included in the list.

Use of if__not : If___not के प्रयोग

- Unless the ground is favourable, we cannot make a big score.
  —If the ground is not favourable, we cannot make a big score.

Exercise 22B—

Combine the following pairs using not only...but also.

- Indian people are superstitious. Pakistani people too are superstitious.
- You have deceived me. Your brother has deceived me.
- India is continuously being tortured by terrorism. Other countries are too being troubled by terrorism.
- Sunil pays attention to his studies. His brother pays attention to his studies.
- Parrot is a beautiful bird. Peacock is too a beautiful bird.

प्रकार 2—

- They were known to Subhash Chandra Bose. They were known to Gandhiji. (Combined using not only...but also)

They were known not only to Gandhiji, but also to Subhash Chandra Bose.

(to यह preposition दोनों जगह पर एक जैसा होकर भी दो बार लिया है।)

Exercise 22C—

ऐसे ही निम्नलिखित वाक्य not only...but also से जोड़कर लिखिए।

- They developed learning skills. They developed writing skills.
- Kamal took interest in music. She took interest in painting.
- The traveller lost his ticket. He lost his luggage too.

Exercise 22D—

प्रकार 3—

- Rahul likes tea. Rahul takes tea. (use not only...but also)

  Rahul not only likes but also takes tea.

इसी प्रकार से नीचे दिए गए वाक्यों की जोड़ियों को not only...but also का प्रयोग करके एक वाक्य में बदलिए।

Exercise 22E—

- Mohan likes cricket. Mohan plays cricket.
- Sachin abused me. Sachin bet me.
- Kavita appreciates poems. She (Kavita) herself composed poems.

प्रकार 4—

- Ravi encouraged me. He (Ravi) extended a great help to me. (use not only...but also) Ravi not only encouraged me, but also extended a great help to me.

Combine the following pairs using not only__but also

Neither...nor—means none of the two or more **यह भी नहीं और वह भी नहीं।**

उदा.—Neither friends not relatives offered her any help.

दोस्तों ने उसकी मदद नहीं की और संबंधियों ने भी नहीं।

neither...nor का प्रयोग करने के लिए भी दो वाक्य दिए जाते हैं। उसका भी तीन तरीके से अभ्यास किया जा सकता है।

Kind No. 1 (प्रकार 1)

Ravi does not take tea.
Ravi does not take coffee. (use neither...nor)
Ravi takes neither tea nor coffee.

ऊपर दिए गए वाक्य में कर्ता और क्रियापद एक जैसे हैं और कर्म अलग-अलग हैं।

neither...nor का प्रयोग करते समय निम्नलिखित बदलाव कीजिए।

1. कर्ता पहले जैसा है, वैसे ही लीजिए।
2. क्रियापद को नकारात्मक से स्वीकारात्मक बनाइए।
3. उसके बाद neither के साथ एक वाक्य का कर्म लीजिए।
4. उसके बाद nor के साथ दूसरे वाक्य का कर्म लीजिए।

Exercise 23A—

Join the following pairs of sentences using neither... nor

(1) Sameer did not read novels.
Sameer did not read poems.

(2) Kavita does not play cricket.
She does not play hockey.

(3) Boys do not take interest in politics.
Boys do not take interest in social work.

(4) You have not solved this problem.
You have not solved that problem.

(5) She did not pay attention to mathematics.
She did not pay attention to physics.
ऐसे वाक्य में Preposition दो बार लिखने पड़ते हैं।

उदा.—ऊपर दिए गए वाक्य का उत्तर ऐसा होगा।

She paid attention neither to mathematics nor to physics.

Kind No. 2 : (प्रकार 2)—

Savita does not attend the periods.
Her friends do not attend the periods.
(Combine using neither...nor)

ऊपर दिए गए दो वाक्यों में क्रियापद और कर्म एक समान है, मगर कर्ता अलग–अलग है। ऐसे में nither...nor का प्रयोग करते समय इस प्रकार बदल कीजिए।

- शुरुआत में neither के साथ एक वाक्य का कर्ता लीजिए।
- उसके बाद nor के साथ का दूसरे वाक्य का कर्ता लीजिए।
- उसके बाद क्रियापद स्वीकारात्मक बनाइए।
- आखिर में बाकी शब्द लिख लीजिए।

(Note : क्रियापद nor के साथ आनेवाले कर्ता के लिंग और वचन के हिसाब से लीजिए।)

Savita does not attend the periods.
Her friends do not attend the periods.

Neither Savita nor her friends attend the periods.
1 2 3 4

Exercise 23B—

Combine the following pairs of sentences using neither...nor

(1) Surekha did not pay the bill.
Her neighbour did not pay the bill.

(2) The boys do not take delight in Kabaddi.
The girls do not take delight in Kabaddi.

(3) Savitri does not help me in my work.
Her mother too does not help me in my work.

(4) Savita did not pay the fees in time.
Other girls too did not pay the fees in time.

(5) Physics is not liked by Sachin.
Chemistry is not liked by him.

Kind No. 3 : (प्रकार 3)—

She does not like sweets.
She does not eat sweets. (use neither...nor)

ऊपर दिए गए सभी वाक्यों में कर्ता और कर्म एक समान होते हैं और क्रियापद अलग-अलग होते हैं। तब इस प्रकार वाक्य बनाइए।

- दोनों वाक्यों में साधारण होनेवाला कर्ता पहले **लीजिए**।
- उसके बाद neither के साथ एक **वाक्य** का **क्रियापद** स्वीकारात्मक बनाइए।
- उसके बाद nor के साथ दूसरे वाक्य का क्रियापद स्वीकारात्मक बनाइए।
- आखिर में दोनों वाक्यों में एक जैसे आनेवाले बाकी शब्द लिखिए।

Ans. She neither likes nor takes tea.
1 2 3 4

Exercise 23C—

Combine the following using neither...nor

(1) Rahul did not pay attention to his health.
Rahul did not take care of his health.

(2) You have not visited my house.
You have not seen my house.

(3) You cannot know this problem.
You cannot solve this problem.

कभी-कभार दो वाक्यों में सिर्फ कर्ता ही एक जैसा होता है। उस समय इस प्रकार बदल कीजिए।

She did not call me. She did not entertain others. (use neither...nor)

She never called me nor entertained others.